マレスケの虹

森川成美

小峰書店

マレスケの虹

第一部

第二部

第三部

装画
Re°（RED FLAGSHIP）

装幀
城所 潤+大谷浩介
JUN KIDOKORO DESIGN

第一部

ホロホロカー

一九四一年七月

店のドアを勢いよく開けた。

カウベルがからんからんと鳴った。

そのとたん、店のラジオから、「ユー・アー・マイ・サンシャイン」がきこえてきた。

じいちゃんが買ったばかりの、床《ゆか》置き型で、家具みたいに大きくて立派なラジオだ。

今年は、どこに行ってもこの歌が流れている。

去年封切《ふうき》られた、『テイク・ミー・バック・トゥー・オクラホマ』という西部劇の挿入《そうにゅう》歌《か》だ。

曲調も、男性歌手の歌い方もやたら明るいけれど、失恋《しつれん》の歌だ。

ぼくの胸はこの歌をきくと、ずきっとする。

この前、ヒロの町に遊びにいったとき、ヒロコとシュンが手をつないで歩いているのを見てしまった。公立学校で同じクラスのヒロコにぼくは片思いだった。つまり失恋ってことだ。マレスケ・コニシ、十四歳《さい》にしてはじめての失恋だ。早くはないけど遅《おそ》くもない。いずれ経験しなければならない、通過儀礼《ぎれい》みたいなものだ。わかってはいるけれど、失恋はやっぱり失恋だ。

そもそもぼくは、西部劇が好きじゃない。西部劇は、しょせんハオレの映画だ。とにかく最後は、力ずくでピストルぶっ放して終わりというやり方が、性《しょう》に合わない。もっといろんな解決方法があるだろうに、って思ってしまう。

ついでに言うと、恋愛《れんあい》映画もあまり好きじゃない。ハオレはあんなふうに人前で男女がキスしても平気なのかもしれないが、見ているこっちが恥《は》ずかしい。そっと手をつなぐくらいのほうが、ぼくにはしっくりくる。まだ、女の子と手をつないだこともキスをしたこともないけど。

ハオレというのは、ここハワイ諸島の現地人、ハワイ人の言葉で「白人」という意味だ。

むかしハワイはハワイ人だけが暮らす場所だった。そこに、ある日突然《とつぜん》、白人たちが大きな船でやってきた。その後、さとうきびが栽培《さいばい》されるようになると、ハオレでない人たちもどんどん働きにきて住むようになったけれど、ハオレという言葉はそのまま残った。ハオレは、人種を表す言葉じゃない。今のハワイには、日本、中国、フィリピン、ポルトガルなど、いろんな国の出身者がいる。ポルトガル人は人種的には白人かもしれないが、ハオレとは呼ばれない。

ハオレは、ハオレ。

そこのところ、説明は難しい。けれども、ハオレのほうが優れていて、ほかが劣《おと》っているという意味は、この言葉には含《ふく》まれていない。

ぼくらとハオレは、ちがう。それだけだ。

そうそう、映画の話だった。ぼくが、ハオレの映画は好きじゃないっていうこと。といっても、じいちゃんが大好きな日本映画も好きになれない。たしかにキスはしないけど、なんだか、出てくる家族の雰囲気《ふんいき》が、まじめで、しめっぽくて、ゆううつだ。もっとからっと楽しく暮らせないものかと、いつも思ってしまう。

それより、じいちゃんが取っている日本語新聞『ヒロ新報』のエンターテインメント欄《らん》に、ディズニーの『ダンボ』っていう映画がもうすぐ本土で封切りって載《の》っていたけど、あれはちょっと観たいなって思った。

でも、公開になったばかりの映画が、ハワイで、それもホノルルなんかの都会ではなく、ここハワイ島で観られるのは、まだだいぶ先にちがいない。

アニメーション映画を観たいなんて言うと、ねえちゃんは、マレは末っ子だからいつまでも子どもねってばかにする。たしかにねえちゃんとぼくは、八歳ちがう。

だけど、ああいう映画は、ハオレのものでもないし、日本のものでもない、って感じがするじゃないか。たしかに作っているのはハオレかもしれないが、出てくるのは人間じゃない。そこがいいと、ぼくは思う。


「マレスケ、寄り道しとったな」

じいちゃんが、店のカウンターの中から、どなり声をあげた。

ぼくのことはマレって呼んで、とみんなに頼んでいるのに、じいちゃんだけは、かたくなにマレスケと呼ぶ。

じいちゃんが言うと、ふしぎと漢字の希典《まれすけ》にきこえるから、さらにいやだ。

どうして、じいちゃんはぼくにだけ、こんな名前をつけたんだろう。ねえちゃんはみさを、にいちゃんは広樹《ひろき》で、どっちもじいちゃんが考えた。ねえちゃんの名は、貞淑《ていしゅく》な女性になってほしいという願いから、にいちゃんの名は、ハワイ島で一番大きいヒロという町の名前にちなんでつけた。ちなみに、このあたりには、ヒロコ、ヒロエ、ヒロシ、ヒロユキ、マサヒロと、ヒロのつく子が掃《は》いてすてるほどいる。

だけど、ぼくのは……。

店の奥の壁《かべ》に飾《かざ》ってある、小さな額に目がいった。

額にはいっているのは、いかにもまじめそうな、丸眼鏡をかけた小柄《こがら》な男の写真だ。会ったことはないが、ぼくらのように、公立学校の放課後、日本語学校に通っている者なら、みんな知っている。

天皇陛下だ。

日本の大統領みたいな人だ。

希典というのは、日本がロシアと戦って勝ったときの将軍の名前で、天皇陛下のおじいさんが亡《な》くなったときに腹切りをした人なんだそうだ。腹切りというのは、刀を使った自殺の方法だ。

ふつう、雇《やと》い主《ぬし》が死んだからというだけで自殺する？

なにより、そんな人の名前を、孫につける？　じいちゃんの考えていることは、よくわからない。

そのじいちゃんの目は、今、つりあがっている。

「早く行かんと、剣道《けんどう》のけいこに間にあわんだろう」

こういうところ、なーんかちがうといつも思う。

まじめすぎだ。まっすぐすぎだ。

日本の映画みたいだ。

公立学校の担任のミス・グリーンだったら、手を広げて肩《かた》をすくめ、ちょっとだけ皮肉を言うだろう。たとえば、こんなふうに。

——最近、コーラってお得になったのね、マレ。コーラひと箱を自転車でたった二ブロック先まで運ぶのに一時間もかかるんだもの。ずいぶん増量したにちがいないわ。

そして、もうその話はしない。

こういう態度は、ぼくがハオレを好きなところのひとつだ。怒れば怒るほど、一歩ひいて、冷静になろうとする。皮肉を言っておしまいにするのも、文句を言うより、相手に響《ひび》くと考えるからだろう。直情径行で、頭にきたらかっかとして、自分の気がすむまで、どなりちらすじいちゃんとはちがう。

じいちゃんは、公立学校に来たことはない。アメリカ式の学校だからだ。じいちゃんからすれば、子どもを通わせないといけない決まりだから、しかたなく行かせているという感じだ。だいいち、先生はハオレだし、使っているのは英語だし、顔を出したところで、どうせわからないと思っている。

一方、日本語学校はといえば、これはとても大事なところだと考えている。ぼくが通っているワイカフリ日本語学校は、保護者が金を出しあってつくったものだ。その金で日本から先生を呼びよせている。月謝だけしか払《はら》わない親もいるが、じいちゃんはとうさんが通っていた時代から、相当の寄付をしている。公立学校から疲《つか》れて帰ってきたとき、たまに日本語学校は休みたいと思うことがあるが、じいちゃんは絶対に許してくれない。

じいちゃんは、店の奥から一升瓶《いっしょうびん》を取りだした。

「マレスケ。明日、句会だから、これを持っていっておけ」

日本酒だ。

句会は、月一回、日曜日に日本語学校で開かれる。校長先生と、ワイカフリ耕地の古老、大山猛《たけし》じいさん、そしてうちのじいちゃんが、おもなメンバーだ。校長先生は、前の人と交代で来たばかりだが、日本にいたときは、高浜虚子《たかはまきょし》の句会に出たこともあるのだとか。ぼくは高浜虚子がどんな人か知らないけど、じいちゃんはすごくありがたがっている。でも、じいちゃんの本当のお楽しみは、句会の後の宴会《えんかい》だ。そのための日本酒なのだ。坂道を運ぶのはたいへんだから、先にぼくに持っていかせようとしている。

じいちゃんは一升瓶二本をまとめて、上手《じょうず》に風呂敷《ふろしき》で包んだ。

「落とすなよ、最近は、なかなか日本からの船が来ない。貴重品だ」

「わかった」

ぼくは答えた。

ぼくはねえちゃんやにいちゃん、友達なんかと話すときは英語だ。だけど、じいちゃんと話すときや、日本語学校にいるときは、自動的に日本語になる。

それでも、ぼくの頭には、英語がまず浮《う》かぶことが多いから、今も「ａｌｌ　ｒｉｇｈｔ」の日本語訳のつもりだった。

しかしじいちゃんは、ぼくの返事が気にいらない。

「わかった、じゃない、はいと言え。目上に対する返事は、どんなときもはい、だ。いやでも、はい。わからなくても、はい。はい、しかない」

また怒られた。

「はい」

ぼくはそう答えて、頭をさげた。

「それからな、広樹を見かけたら、すぐに帰ってきて店を手伝えと言え。ただでさえ夏はかき氷で忙しいのに、なにをやっとるんだ。コニシ・ストアの跡《あと》つぎのくせに」

ぼくが店を出るまぎわまで、じいちゃんは、ぶつぶつとこごとを言っていた。


ヒロキにいちゃんのいるところはわかってる。町でただ一軒《けん》の酒場、バー・マハロだ。うちのお得意さんでもある。ただし、にいちゃんはまだ十七歳だから、店の中にははいれない。配達以外では。にいちゃんがいるのは外だ。

自転車をこいで商店の立ちならぶ通りをぬけ、ちょっと坂をあがると、背の高い椰子《やし》の木に囲まれたバー・マハロが見えてきた。トタン屋根の平たい建物で、屋根にはあざやかな青緑のペンキが塗《ぬ》られている。入り口の横長の看板には、ピンクと黄色の躍《おど》るような文字で、大きくバー・マハロと書いてある。

店の中では、テンポの良い音楽が大音量でかかっていて、外まできこえてくる。最近バー・マハロは、ジュークボックスというやつを導入したらしい。お客さんがコインをいれると、一曲分だけ音が鳴るしくみの新型機械だ。

今、流れているのは、ハワイアンの曲だ。

建物の手前には、整地しただけで舗装《ほそう》されていないだだっぴろい駐車場《ちゅうしゃじょう》がある。無造作にとめられた黒いフォード車が何台か見えた。馬車の面影《おもかげ》を残したような古めの型だが、このあたりで乗用車といえば、これぱっかりだ。

駐車場のまん中にある大きなバニヤンの木の陰《かげ》で、日に焼けた半ズボン姿の若者が、十人ぐらい、音楽に合わせて、フラを踊《おど》っている。

その先頭列の中心で、にこにこ笑いながらステップを踏《ふ》む小柄な男が、うちのにいちゃんだ。だ円形の日に焼けたまんじゅうみたいな顔だから、すぐにわかる。

にいちゃんは、フラが大好きだ。

フラはハワイ人にとってお祈《いの》りにあたる伝統的な踊りだ。作法も決まりもあって、ハワイ人にはそれを教える師匠《ししょう》がいるらしい。

けれど、にいちゃんのはそういうまじめなやつじゃない。ただのお楽しみだ。

にいちゃんは、フラがうまい。腰《こし》つきは左右にすべるようで、リズムにぴったり合わせてステップを踏み、切れよく向きを変える。

ジュークボックスの曲は、同じくハワイアンの「ホロホロカー」に変わった。

この歌をきくと、ぼくはいつもじいちゃんを思いだして笑ってしまう。

じいちゃんはふだんハワイアンは歌わないのだが、この曲だけは好きらしい。

だけど、じいちゃんの英語は、単語をただ日本語の順番に並べるだけのものだし、ハワイ語についても同じだ。だから、ラジオからこの歌が流れると、いつもこんなふうに、でたらめな日本語の歌詞をつけて歌う。

　カーで行かんかホロホロカー
　鬼穴震《おにあなふる》える触《ふ》れちゃいかん
　苦楽怨念《おんねん》パーッとなる
　さあ、腹へるかな

たしかに発音は似てるが、こんなおどろおどろしい歌じゃない。

ぼくは小さいとき、じいちゃんに言ったことがある。

――じいちゃん、これは鬼の出てくる歌じゃないよ。ハワイにはじめて自動車が来たときのことを歌ったんだよ。

じいちゃんは、ははははと笑った。

――いいんだいいんだ。おれたちは、みんなこうやって覚えたんだ。なーんも知らずにこっちに来てな、耳できいたとおりの音を、知ってる日本語にむりやりあてはめてしゃべったもんだ。水はワラだとかな。水が、乾《かわ》いた稲藁《いねわら》と同じかと思うと妙《みょう》な気分でな。そうやってでも覚えんと、水を補充《ほじゅう》してもらえんからな。バケツをふたつ、棒の両端《りょうはし》にくくりつけて肩《かた》にかついで、みんなに水をついで歩く坊《ぼう》やがいてな、その子が近づいてくると、水筒《すいとう》を差しだして、ワラ、ワラと叫《さけ》んだものさ。通りすぎられでもしたら、のどが渇《かわ》いて死んじまうからな。ワラにもすがる思いってやつだな。

じいちゃんにしてはめずらしく冗談《じょうだん》を言って笑い、それから、思いだしたようにつけ加えた。

――そういえば、おれがヒロの港に着いたころは、自動車はまだ走ってなかったかもしれないな。ワイカフリまでは、耕地会社の馬車で向かったんだった。

うちのじいちゃん、小西太助《こにしたすけ》は一九〇二年、二十歳のとき、熊本《くまもと》というところからやってきた。ばあちゃんと、二歳になったばかりの息子を連れて。

じいちゃんは日本を出る際に、ワイカフリ耕地会社と、五年契約《けいやく》を結んだ。そして到着するなり、さとうきびの耕地で農夫として働いた。さとうきびを刈《か》って、運搬用《うんぱんよう》の貨車に載せる、耕地で一番力のいる仕事だった。ばあちゃんも息子を育てながら、同じく耕地で、さとうきびの葉っぱをひたすら落とす仕事をした。そして、ふたりして、契約を更新《こうしん》しながら、金を貯《た》めた。

息子の小西幸助《こうすけ》、ぼくのとうさんは、十五歳で公立学校を出ると、両親と同じようにワイカフリ耕地会社で働きはじめた。三年がすぎたとき、仲人《なこうど》を仕事にする人がワイカフリにあらわれて、日本から嫁《よめ》をもらわないかと、若者たちに声をかけた。

とうさんは、五枚ぐらいの写真の中から、かあさんの好恵《よしえ》を選んだ。美人だったからだ。みんな着物だったのに、ひとりだけ断髪《だんぱつ》で洋服を着ていたし、きっとこっちでうまくやっていけると思ったのだそうだ。

かあさんは、日本で結婚《けっこん》の手続きをしてから（というのも、こっちに暮らす人と結婚していなければ、入国できなかったからだ）、同じ年ごろの娘《むすめ》たちといっしょに船に乗ってやってきて、とうさんとはじめて会った。そして、あらためて結婚式をあげた。

そしてみさをねえちゃんが生まれたのだ。

ねえちゃんは、生まれたときからアメリカ市民だった。ハワイはむかしは王国だったが、今はアメリカ合衆国の準州になっている。だから、ハワイで生まれた人は、アメリカの国籍《こくせき》、つまり市民権がもらえる。ちなみにそういう人を、二世と呼ぶ。

その後生まれたにいちゃんもぼくも、もちろん二世だ。

一方、日本で生まれた人のことは、一世と呼ぶ。

一世は、ようするにここでは、外国人だ。

つまり、じいちゃん、ばあちゃん、とうさん、かあさんは、何年暮らそうと外国人のままで、市民権はもらえない。選挙権もない。突然、帰国しろとアメリカ政府に命じられるかもしれない。

だけど、みさをねえちゃんが生まれたおかげで、アメリカ市民の家族になった。出ていけと言われる可能性も低くなったし、許可などが必要なときは、ねえちゃんの名前でもらうことができそうだった。それで、じいちゃんは一念発起《いちねんほっき》して、耕地会社の仕事をやめ、とうさんといっしょにこのコニシ・ストアをはじめたのだ。

商売は、うまくいっていた。

だけど五年前、ぼくが九歳のとき、とうさんとばあちゃんがインフルエンザでたてつづけに死んだ。

かあさんは、ぼくらきょうだいを置いて、日本に戻ってしまった。

それからは、じいちゃんがなんとか店を続けながら、ぼくらを育ててくれたのだ。

――しかたがないものはしかたがない
が、じいちゃんの口ぐせだ。ついでに、

――辛抱《しんぼう》。忍耐《にんたい》。努力。大和魂《やまとだましい》
とも、じいちゃんはよく言う。

かあさんがいなくなって、ぼくがさびしくて泣いていると、じいちゃんはなぐさめたりせずに、なんどもこれらの言葉をくりかえした。まるで自分に言いきかせているみたいだったけれど――。

思い出にふけっているうちに、「ホロホロカー」は軽快なリズムで進んでいた。

「ハイナ!」

にいちゃんが叫《さけ》んだ。おしまいの合図だ。

踊っている者は、楽しそうにステップを踏みつづける。

ウクレレの音が、ジャーンと最後の和音を奏《かな》でた。

いつの間にか、通りに若い女の子たちが集まって、きゃあと言って拍手《はくしゅ》をしている。

なるほど、これがあるから、にいちゃんたちは踊っているわけだ。

ぼくは自転車を道のわきにとめ、女の子たちをかき分けて、バニヤンの木陰にいるにいちゃんに声をかけた。

「じいちゃんが、店に戻って手伝えって」

にいちゃんは、にこっと笑ってうなずいた。

そのときだ。

バー・マハロのドアが開いた。ジュークボックスの音楽はジャズに変わっている。

中から出てきたのは、うちのねえちゃんだ。

花柄のワンピースを着て、まっ赤なハイヒールをはいていた。

背の高いハオレの男が、ねえちゃんの肩を抱《だ》いている。

男はアメリカ陸軍の軍服を着ていた。

「だれ？」

ぼくはにいちゃんに小声できいた。ねえちゃんがだれかとつきあっているなんて知らなかったし、それがハオレだなんて二度びっくりだ。

「さあな、本土から新しくワイカフリ駐屯地《ちゅうとんち》に来たやつじゃないのか」

にいちゃんはあんまりかかわりたくないという調子で答えた。

「でもな、マレ、じいちゃんにはだまってろよ」

うん、とぼくはうなずいた。

ねえちゃんがハオレとつきあっている。

じいちゃんはハオレが嫌いだ。気にいらないにきまっている。

ねえちゃんは、その男といっしょに、バニヤンの木のほうに向かって歩いてきた。腰をふるような歩き方で、得意げに見えなくもない。

「あら、ヒロキ、マレ、ここにいたの？」

「たまたま、ね」

にいちゃんは、ぼくに同意を求めるように答える。

「ジャック、私の弟たちよ」

ねえちゃんは、ぼくらを紹介《しょうかい》した。

ぼくらは手を差しだした。ジャックと握手《あくしゅ》をするためだ。

ジャックは笑顔《えがお》で、順番に軽く手をにぎってから、視線をぼくらの足もとに落とした。

「靴《くつ》、履《は》いたほうがいいね。もう大きいんだしね」

ジャックはそう言うと、ねえちゃんの手をひいて、駐車場の奥にとめてあったジープに乗りこみ、去っていった。

ねえちゃんの赤いハイヒールが残像になって目の奥にちらついた。

ねえちゃんは、郵便局に勤めているから、靴は必要だが……。

たしかにぼくらは、はだしだ。

もちろん靴は持っている。でもひとり一足だけだし、大きめのものを何年かに一度しか買ってもらえない。だから、結婚式や葬式《そうしき》や、ここぞというときのために、大事にしておかなければならない。

なにより、仲間もみんなはだしなんだから、靴を履く必要を感じない。ミス・グリーンでさえ、履いてこいとは言わない。だいいち、ここでは一年中、はだしに半ズボンでも、まったく寒くない。

「マレ。ぼーっとつったってないで行けよ。剣道のけいこだろ」

にいちゃんが、ぼくの背中を押《お》した。

さとうきび畑

一九四一年八月

ふだんぼくは、朝、まず公立学校に行き、午後になっていちど家に戻り、それから日本語学校に通っている。

でも、夏のあいだは、公立学校も日本語学校も、授業が休みだ。

ただし、剣道《けんどう》のけいこには行かなければならない。

ぼくは日本語学校の剣道部にはいっている。前はにいちゃんも部員だったが、日本語学校を卒業したときに、剣道はあっさりやめてしまった。

指導をしてくれるのは、耕地で長く働いて今はもう引退した大山猛《たけし》じいさんと、製糖工場の技師をしているハジメさんこと、竹岡一《たけおかはじめ》さんだ。

大山のじいさんは、ハワイ準州の剣道大会で優勝したことがある。じいさんは、ハワイ準州のことをハワイ県と呼ぶので、じいさんにとっては県大会ってことになる。日本語学校の道場の床《とこ》の間には、そのときのトロフィーが飾《かざ》ってある。

ぼくはまず、裏の校長先生の家に寄って、じいちゃんから預かった日本酒を奥さんにわたすと、いつものように、道場にはいって防具をつけた。

しばらくのあいだ素《す》ぶりをしながら、大山のじいさんを待った。

ところがあらわれたのは、じいさんではなくて、ハジメさんだった。製糖工場は二十四時間操業だから、昼間に非番の日もある。そんなとき、ハジメさんは、前ぶれもなく、ふらりと道場に来る。

ハジメさんは、ハオレのように背が高くて、がっしりとしたたくましい肩をしている。ホノルルのハワイ大学に通っていたときには、このめずらしいぐらいの体格の良さをかわれて、アメリカン・フットボール部にはいらないかと、さそわれたこともあったそうだ。でも、大学が休みのあいだは学費を稼《かせ》ぐために働かなければならないから、断ったときいている。

剣道は、大山のじいさんの一番弟子《でし》で、準州優勝とまではいかなかったが、とても強い。

「マレ。大山先生は、腰《こし》を痛められたとかで、今日は来られないそうだ」

「じゃあ、しばらく剣道部も休みってことですかね。この様子じゃ、夏休みのあいだは、ぼくだけになりそうだし」

ぼくは、人気のない道場を見まわして言った。

剣道は授業でも教わるが、剣道部員はぼくをいれて八人だけだ。以前はたくさんいたのに、年々少なくなると大山のじいさんが嘆《なげ》いている。さらに夏休みは学校の月謝を稼ぐため、みんな耕地で働いている。耕地会社が何人雇《やと》うかは、さとうきびの生育状態によって変わるが、今年はとりわけ忙しそうだ。ぼくは、耕地の仕事には登録していない。店の配達を手伝わなければならないからだ。うちは決して金持ちじゃないが、みんながぼくのことを気楽でいいな、と思っているのは知っている。

ハジメさんは、まあしかたないなと、うなずいた。

「しかたがないものはしかたがないし」

ぼくが茶化すと、ハジメさんは、細い目をさらに細くして笑った。

「そうだな。しかたがないっていうのは、一世の口ぐせだ。だが、サボるほうに使ったら怒られるぜ。一世の言う、しかたがないというのは、運命には逆らえないからがまんするしかない、という意味だからな。やることはとことんやってからの話だ」

たしかにそうだ。

大山のじいさんも、じいちゃんも、一世はみんなまじめだ。

そして、やることはとことんやる。

今日だって、ハジメさんが来られないようなら、大山のじいさんは、這《は》ってでもやってきたにちがいない。

「じゃあ、しばらくぼくも店が忙しくてけいこに出られないって、言っておいてくださいよ。大山先生が治るぐらいまでのあいだは」

ぼくが言うと、ハジメさんはまた目を細めながらにやっと笑って、わかったと答えた。

一時間ほどハジメさんと打ちあいのけいこをした後、防具をはずして、ふたりで道場の縁側《えんがわ》に腰かけた。

校長先生の奥さんが、麦茶を出してくれた。

日本から持ってきた麦茶だ。

香《こう》ばしい、いいにおいがした。

ハジメさんと並んで、麦茶を飲んだ。

ここは、ワイカフリの町を見わたすことができる丘《おか》の上だ。

目の前には道に沿ってきれいに並ぶ住宅群と、それをとりまく緑のさとうきび畑。その奥には、青い海が広がっている。海沿いの崖《がけ》に、砂糖を出荷するために使うクレーンが立っているのも見える。

そして、さとうきび畑と崖のあいだには、ハジメさんが勤めている製糖工場、ワイカフリ・シュガーミルの太い煙突《えんとつ》がそびえていた。

「シュガーミルって、近づくとキャラメルのにおいがしますよね」

ぼくが言うと、ハジメさんは笑った。

「そうか？　糖蜜《とうみつ》のにおいかな。毎日のことだから、慣れちゃってぼくにはわからない。でも、たしかにそうかもしれない。むかし一度、さとうきび畑が大火事になったことがあって、しばらくのあいだ、町中で強烈《きょうれつ》なキャラメルのにおいがしたよ」

「へえ、そんなことがあったんですか？」

「さとうきびは、収穫《しゅうかく》前に葉を落とすために火いれをするだろ。畑に油を撒《ま》いて火をつけて、葉や穂《ほ》を、ほんの数分だけ、さっと焼く。収穫したい茎《くき》のほうは、水気が多いからうまく残るわけだ。計算して用心深くやらなければならない作業なんだが、なぜかそのとき、大失敗して茎まで全部燃えてしまった。どんどん燃えひろがって、収穫前の若いさとうきびまで、みんな燃えたんだ」

いつの話だろう。じいちゃんが働いていたころは、茎は手で刈《か》って、その後、葉と穂を手で落としていた。火いれをするようになったのは、だいぶあとだけれど、ハジメさんはねえちゃんと同級生だ。ぼくとねえちゃんは、八つちがうから、たぶんぼくが生まれる前か、赤ちゃんのころか。

「さとうきび畑の火事……」

ぼくは、ふとつぶやいた。そんなむかしの話ではなく、最近、大山のじいさんがしきりと力説していることが、思いだされたからだ。

――日本が攻《せ》めてきたら、わしらは、日本軍に呼応して、さとうきび畑に火をつけて応《おう》援《えん》するぞ。ハワイ県の人口の四割は日系人じゃ。わしらが本気を出せば、ひとたまりもあるまい。

まさかね。

ありえない。

じいさんは、頭が固すぎ、古すぎる。

日本が攻めてくることなんか、あるわけない。

この前も『ヒロ新報』に書いてあった。

——日本は中国と戦争中で、石油を必要としている。それを得るためには、まず東南アジアを制圧しなければならない。アメリカまで相手にする余裕《よゆう》はないはずだし、そんなばかなことはしないだろう。

これはたしか、アメリカ政府のかなりえらい人の発言だったと思う。

ちなみに『ヒロ新報』はもともと日本語の新聞だったが、最近は半分が英語版になっている。じいちゃんは日本語版を読んでいるが、ぼくらは英語のほうを読む。

中身は、ほとんどいっしょだ。ちがうのは、日本語版には日本の新聞小説が、英語版にはアメリカの有名なキャラクターが活躍《かつやく》するコマ割りの漫画《まんが》が連載《れんさい》されていることぐらいだ。

「マレは、あと一年でインターミディエットが終わるだろ。そのあとはどうするんだ?」

ハジメさんがぼくにきいた。

インターミディエットとは、公立学校の七年生から九年生までのことだ。その先、十二年生までをハイスクールという。希望しなければ、ハイスクールへは行かなくてもいいことになっている。

にいちゃんはインターミディエットまでやめて、店の手伝いをしている。跡《あと》つぎなんだから早く仕事を覚えろ、とじいちゃんが言ったからだ。

「……まだ、考えてない」

ぼくは答えた。

大学に行くつもりなら、ハイスクールを卒業しなければならない。

ハジメさんは、ワイカフリでハイスクールを終え、ハワイ大学にはいった。そして卒業してすぐに技師になって、ワイカフリに戻ってきたのだ。

「日本に戻って、日本の学校にはいるやつもいるが」

ぼくはうなずいた。

そういうやつもたくさんいる。

この前、ヒロコと手をつないで歩いていたシュンは二世だが、五年生のときに日本の親《しん》戚《せき》に預けられて、数カ月前に戻ってきたばかりだ。

シュンは言っていた。

戻ったわけは、日本語の読み書きができなかったからだと。

だって、家の中で親と話すのは日本語じゃないか、おまえだって公立学校が終わって毎日、日本語学校に通ってたじゃないか、漢字の書きとりだってしてただろ、とぼくは思わず反論してしまった。

ちがうんだ、とシュンは顔を曇《くも》らせた。

――向こうではぼくは外国人だ。中学校の入試じゃ、問題は読めたけど答えが書けなかったんだ。

そのときのシュンの表情には、どこかきまじめな用心深さと、内に秘《ひ》めた暗さが感じられた。一世の顔に近い。

ここで生まれ育った二世は、うちのにいちゃんみたいに、もっと陽気で明るい顔をしてる。目と笑顔《えがお》を見ればすぐわかる。なんとかなるさ、という楽天的な心があらわれるからだろう。

――帰米のぼくは、こっちでもやっぱり外国人さ。

シュンみたいにいっぺん日本に行ってから、戻ってきたやつのことを、「帰米」と呼ぶ。アメリカに帰ってきたという意味で。

日本は寒いぞ、とシュンは警告するように、つけ加えた。

そういえば、この前『ヒロ新報』にも、ご帰国の際には、冬服のご準備を、なんて宣伝が載《の》っていたっけ。そもそもぼくらは、冬服、なんてものを持っていない。

ふとぼくは、じいちゃんの言葉を思い出した。

――ここじゃみんな貧乏《びんぼう》だが、腹が減るってことはないからな。森に行けば、マンゴーもあるし、グァバもある。裸《はだか》で暮らしても凍《こご》えない。

「マレは日本に、おふくろさんがいるんだろ。だったら、日本に行けないこともないんじゃないか？」

ハジメさんが言う。

「う、うん……」

かあさんには会いたい。

だが、じいちゃんは、かあさんとは連絡《れんらく》を取ろうとしない。向こうから手紙が来たこともない。

「ヒロのハイスクールに、自転車で通うっていう手も、ないわけじゃない」

ハジメさんは、ぼくの気持ちを察したのか、励《はげ》ますような調子で続けた。

「往《ゆ》きは一時間ほどだが、帰りは上りのだらだら坂だからその倍ぐらいだろう。それでも、汽車で通うと金がかかるが、自転車ならタダだろ。こっちのハイスクールとちがって、会計やエンジニアリングを専門で教えてくれるところもある。手に職がつく」

「……うん」

なにか考えなきゃならないことは、わかってる。

ねえちゃんはワイカフリのハイスクールを出て、郵便局に勤めた。

日本語学校で習ったそろばんのおかげで、ねえちゃんは暗算がめちゃくちゃ速かった。

それで公立学校の先生が推薦《すいせん》してくれたのだ。

にいちゃんは、店をつぐ。

きっとにいちゃんはそのうちだれかと結婚《けっこん》して、店はいずれその子どもが続けていくことになる。

となれば、ぼくはどこか勤め先をみつけなければならない。

「ハオレじゃないおれたちに、就職先はなかなかないよ。もちろん耕地の仕事ならあるだろう。でも、それ以上となると、ちゃんと作戦を考えておかないと」

「……うん」

わかってる。

じいちゃんは耕地の仕事をするために、はるばる日本からやってきた。

そして、何年も働き、金を貯《た》めてコニシ・ストアをはじめた。

たいした店じゃないし、貧乏なことも、苦労があることも変わらないけれど、耕地の仕事より絶対マシだ、と、じいちゃんはいつも言っている。

なにより、インディペンデントだろ、とじいちゃんはそこだけやけに発音のいい英語でつけ加えるのだ。

独立記念日、インディペンデンス・デイのインディペンデントだ。インディペンデントであることは、非常に大事なことよ、とミス・グリーンもことあるごとにぼくらに力説する。ハオレのミス・グリーンとじいちゃんの意見が合うなんて、まずないことだろうが、ここだけはいっしょかと思うと、ちょっとおかしい。

すごろくじゃないが、ぼくが耕地の仕事をするのは、せっかくじいちゃんが進めた駒《こま》を、ふりだしに戻すみたいで、気が進まない。だからといって、自分がどうしたいのかは、正直まだよくわからない。

ぼくは話を変えた。

「ハジメさんは、なんで就職しても、ここに来て剣道やってるんですか?」

「まあ、伝統だからかな」

「日本人の？」

「うーん、どうだろう。日本人の、かな？」

ハジメさんは、太い腕《うで》を組んで首をかしげてから、麦茶を飲んだ。

「ぼくらは日本人じゃない。アメリカ人だ。そうだろ？」

うん、とぼくはうなずいた。

そう、ぼくはアメリカ人だ。

ここで生まれて、ここで育った。

先月四日のインディペンデンス・デイには花火があがり、このあたりでもお祭り騒《さわ》ぎだった。ミス・グリーンは前の日、学校は休みになるけど、騒いで遊ぶ日ってことじゃないのよ、圧政に対して自由が勝利したこと、つまりアメリカという国ができたことをお祝いする日なのよ、とぼくらに釘《くぎ》を刺《さ》した。ぼくは花火を見ながら、アメリカ人として、ちゃんと誇《ほこ》らしい気持ちになった。

「そんなこときくなんて、マレは、剣道に疑問がわいたわけ？」

「大山先生は、剣道をやるのは武士道を学ぶためだって言うけど、そこが、よくわかんないんです」

「そうだよな。武士道って言葉をきくたびに、ぼくの祖先は農民だ、武士じゃないぜ、って思うよ」

ハジメさんは笑った。

「そもそもうちの親父《おやじ》がハワイにわたってきたのは、農地を持たない農民で、食うに困ったからだ。ハワイで五年も働けば大金持ちになれるってきいたのに、日本の親に送金してしまえば、あとはぎりぎり食っていくぐらいしか残らなかった。結局五年じゃすまなくて、こっちに三十年もいるのに、いまだに貧乏なままだ」

みんな同じだ。じいちゃんだって、そうだ。

「それでも、貯金をはたいて、借金もして、ぼくを大学にやってくれたから、なんとか技師になれた。親のおかげだとは思うが、武士道のおかげじゃない」

ハジメさんはまた目を細めて笑った。

「ね、そうでしょう?」

ぼくはちょっとうれしくなった。

こんな話はじいちゃんや、大山のじいさんの前ではできない。

「ぼくは、最初はにいちゃんがいるからっていう理由で剣道部にはいったんですけれど、剣道は好きなんです。竹刀《しない》をふっていると、なんだか気持ちがしゃきっとするのがいい。それから試合の緊張感《きんちょうかん》も好きなんだ。だけど、それはほかのスポーツだって同じでしょ」

ワイカフリ日本語学校には剣道部しかないが、公立学校にはベースボール部もあるし、アメリカン・フットボール部もある。部活じゃないが、サーフィンに夢中になっているやつもいる。

でもぼくはここに来てしまう。強くもないのに。

好きだからだと思う。

それは武士道とは関係ない。

「ぼくがなんで剣道を続けているかって言えば、うん、やっぱり伝統だな」

ハジメさんは、自分の言葉に自分でうなずいている。

「大学行ってシェイクスピアを読んでも、すごいなって感心はするけど、ハオレのものだという気持ちが、どうしてもぬぐえなかったよ。ぼくのものじゃない。でも、大山先生たちの俳句を読むと、ところどころ意味はわからなくても、なんとなく気持ちがわかるもんなあ。しっくりくる、って感じだ。それが伝統ってことだと思うよ」

たしかに、とぼくもハジメさんの言葉にうなずいた。

その晩ぼくは、大山のじいさんが腰を痛めてきのどくだから、しばらく剣道のけいこは休むことにするよと、じいちゃんに伝えておいた。そうしないと、じいちゃんは毎日行け行け、とうるさいだろうから。

「そうか、大山さんが休みとなると、集まるのは何人かな」

じいちゃんは、明日の句会のほうを心配している。

「マレスケ、この句のうち、どれがいいと思う?」

じいちゃんは、和綴《わと》じのノートを開いて、筆で書いた文字を見せる。

またはじまったよ、とぼくは思った。

にいちゃんは相手にしないから、いつもこの役はぼくにまわってくる。

和綴じのノートは、じいちゃんがわざわざ日本から取りよせて、店に置いている。買うのは句会の仲間だけだけど。

「毛筆じゃ、ぼくは読めない。声に出してくれないと」

ぼくは毎回同じことを言っているのだが、じいちゃんはさっぱり覚えてくれない。今日も、まるではじめてきいたように、あ、そうか、と言って、俳句を読みはじめた。

きびの葉に蛍《ほたる》とまりしワイカフリ
野分吹《のわきふ》きクレーン吠《ほ》えたりランディング
配達の子待ち居たりかき氷溶《と》く
新しきラジオ点《つ》ければふるさとに雪

「わかんないよ」

ぼくはがまんしてきいていたが、つい口を出した。

まあ、読みあげてくれさえすれば、ハジメさんじゃないけど、なんとなく意味はつかめる。

だけど理屈《りくつ》がとおらないじゃないか。

蛍は、川の上流に行けば見られるかもしれない。でも、耕地会社が殺虫剤《さっちゅうざい》をまいている最近のさとうきび畑にいるとは思えない。でも、それはまあいい。

岸壁《がんぺき》のランディングのクレーンが台風で上下して吠えてるように見えるのもいいとしよう。うなってもうちまではきこえないけど。

ぼくかにいちゃんが配達から戻るのが遅《おそ》くて、待っているあいだにかき氷が溶けてしまったというのはどうだろう。うちはかき氷を売っている。とはいえ売りものだからめったに食べさせてもらえない。それでも食べさせてくれるつもりなら、顔を見てから削《けず》ればいいじゃないか。どっちにしても待ってて溶けた、なんてことは絶対ない。百歩譲《ゆず》って、ずっと待ってたってことを言いたいために、そういうことにしたのもわからなくはない。

でも……。

「ラジオつけたら雪って、どういうこと?」

「新しいラジオは、東京の短波がきこえるだろ」

じいちゃんは、居間から店のほうを指さした。

「短波はすごいぞ。長距離でも受信できる。日本の天気予報がわかるんだ。熊本《くまもと》の天気もな。すごいじゃないか。船便の手紙なら何週間もかかるぞ」

「だって、今、夏だろ」

いくら日本が遠くても、八月が冬ってことはない。

「いいんだいいんだ。どうせうそだよ。熊本に雪はめったに降らん」

じいちゃんはわけのわからないことを言って、和綴じのノートを、大事そうに風呂敷《ふろしき》で包んだ。

次の日の夜、句会から戻ったじいちゃんは、草履《ぞうり》を脱《ぬ》ぐと居間にはいってきて、店を見わたせるいつもの場所にあぐらをかき、ちゃぶ台をはさんだ自分の正面を指さした。

「希典《まれすけ》、そこに座れ」

うちは、店と家族の暮らす住居とのあいだに、両開きの戸がある。

店はお客さんが出入りするから、たたきだけれど、この戸の内側は、一段高い板張りだ。土足禁止で、はだしのぼくやにいちゃんは、ぞうきんで足をていねいに拭《ふ》いてからあがれと、ねえちゃんにきつく言われている。

店に一番近い部屋が居間で、水色のペンキを塗《ぬ》った床《ゆか》のまん中にちゃぶ台が置いてある。右隣《みぎどなり》は台所で、立って使う流しと、煮炊《にた》きをするための石油コンロがある。食器や食材をいれる棚《たな》もある。

左奥には狭《せま》い部屋がふたつある。ぼくとにいちゃんの部屋、ねえちゃんの部屋だ。どちらも窓際《まどぎわ》に、勉強用の四角い座り机が置いてある。使っているのはもうぼくだけだが。夜は床の上に布団《ふとん》を敷《し》いて寝《ね》るので、布団は毎朝、たたんで部屋の隅《すみ》に重ねておくことになっている。これもきちんとたたまないとねえちゃんがうるさい。

じいちゃんが寝るのは、居間だ。

店が終わると、布団を敷くまでは、じいちゃんはいつもの場所に座り、店とのあいだの戸を開けはなしたまま、ラジオをきいていることが多い。

だが、今日のじいちゃんは、ラジオをつけもせず、ひどく機嫌《きげん》の悪そうな顔をしていた。

ぼくがじいちゃんに言われた場所に正座すると、じいちゃんは店から、ウイスキーの瓶《びん》を持ってきた。台所の棚からコップを出してきてウイスキーをつぎ、もう一度あぐらをかいた。

異常事態だな、とぼくは思った。

じいちゃんが酒を飲むのは、外でなにかの集まりがあるときだけだ。みんなが楽しみにしているから、店の日本酒を持っていくが、日本酒は輸入品で高いから、家では決して飲まない。かといって洋酒は嫌いだ。

それなのに、店のウイスキーを開けるなんて。

いったいなにが起きたんだろう。あの雪の句がやっぱりまずかったんだろうか。

今、家にはぼくしかいない。どう対応したらいいんだろう。ねえちゃんはぼくらに夕飯を食べさせてから出かけた。にいちゃんは、たぶんまたバー・マハロの前だ。

ぼくはじいちゃんの正面に正座したまま、じいちゃんの言葉を待った。

「剣道は……」

と、じいちゃんが言ったので、ぼくはびくっとした。

句会に大山のじいさんが来た？　それでぼくの話になった？

なにか叱《しか》られるようなことを、やらかしただろうか？

「毎日来いと、大山さんが言っておったぞ。自分も行くからと」

「はい」

ぼくは頭をさげた。目上の人の言うことには、はい、しかない、だった。

そうか、剣道部の休みの話か。

腰を痛めてるのに無理することはないのに、大山のじいさんとしてはそうはいかないんだろう。そして店が忙しいからぼくを休ませる、とうまく言ってくれればいいのに、じいちゃんとしてもそうはいかないんだろう。結局、一世同士だと、お互《たが》いメンツがあって、いつだってこうなるのだ。もっと合理的にふるまえないものだろうか。

これで話はすんだかと、ぼくがほっとして腰をあげかけたとき、じいちゃんは、まだ座ってろというしぐさをした。

「希典は、本土の大学に行け」

じいちゃんは、いきなりそう言った。

「はあ?」

ぼくはびっくりして、はい、を忘れた。

本土というのは、メインランド、アメリカ本土のことだ。大学なら、西海岸のカリフォルニアか、それとも東海岸のニューヨークかワシントンDCか。いずれにしてもハワイからは、日本と同じぐらいか、それ以上に遠い。

「はあ、じゃない。はいだ」

じいちゃんは、ウイスキーをあおった。

「でも、学費は……」

ぼくは口ごもった。いくら目上でも、はい、なんてとても言えない。

行きたいとか行きたくないとかじゃない。そもそもそんなことができるのか、というぐらいの話だ。

「なんとかしてやる」

じいちゃんは断言した。

「でも……ホノルルならまだしも……」

「金がかかるのは、同じだ」

たしかにそうだ。

ホノルルのハワイ大学に行くとしても、ここからは通えないのだから、学費だけではなく、家賃や生活費もかかる。それなら本土だって同じかもしれない。だけどホノルルはハワイだが、本土はちがう。一度も行ったことがない。もちろんホノルルにも行ったことはないが、ヒロをでっかくしたようなところだろうと、なんとなく想像はつく。

「でも、本土に行ったことないし……」

ぼくはひかえめに抵抗《ていこう》してみた。

「おれはな、二十歳《はたち》で、見たことも聞いたこともないハワイに来た。なーんの、そんなものだと思えば、なんとかなる」

「なんでそんなことしなきゃならないの、ぼくだけ。だってにいちゃんはここにずっといるんだし……」

ねえちゃんも、と言いかけてぼくは言葉を飲みこんだ。

ねえちゃんは本土から来たジャックとつきあっているんだった。いつかあいつが本土に戻るときは、ねえちゃんもいっしょに行くんだろうか？

「『仰《あお》げば尊し』の歌を知ってるだろ」

じいちゃんはいきなり、しわがれ声で歌いはじめた。

身を立て名をあげ
やよはげめよ

「ここだぞ。やよはげめ、というのは、ものすごくがんばれということだ、わかるか希典。おれは農家の三男だった。おやじは地主に土地を借りて米を作ってた。借《か》り賃《ちん》を米で払《はら》うと自分らの食う分がなかった。おれは、そんなのおかしいと思ってた。だから一旗あげようとここに来た。耕地の仕事を何十年もやった。耕地労働者は、農民じゃない。工場で働くのと同じだ。その日、監督《かんとく》が決めたきびの列を、ひとり一列、横に並んで刈《か》ってゆくんだ。おれはがんばったよ。だれよりも早く刈ってしまって、次の列に移った。少しでも多く稼《かせ》ごうとな。そして金を貯めた」

わかったよ、それでこのストアをはじめたんだ。何度もきいた話だが、ぼくは、うんとうなずいた。じいちゃんのがんばりは、家族みんなが知っている。

「ものすごくがんばったんだよね」

「そうだ。そして店主になった。だが、『身を立て名をあげ』というには、まだ足りない。おれはかつかつで暮らしている田舎《いなか》のただの商店主にすぎない。結果を出さなけりゃ、こんな遠くまではるばる来たかいがないじゃないか」

じいちゃんは、ちらりとタンスの上の仏壇《ぶつだん》を見た。ばあちゃんのものだったタンスで、仏壇の中には、ばあちゃんととうさんの位牌《いはい》がはいっている。

「一旗あげて、日本に帰るというわけには、とうとういかなくなったもんな」

じいちゃんはぼそりとつぶやいてから、こぶしで目をぐりぐりこすった。

「どうしたの？」

なにか変だなとぼくは思った。

とうさんの葬式《そうしき》のときだって、じいちゃんは涙をみせなかった。

しかたがないものはしかたがない、そう言っていたのだ。

「きなくさい」

じいちゃんは言った。

「きなくさいって?」

「今度の新しい日本語学校の校長、希典はどう思う?」

どう思うだって、とぼくはまたびっくりした。ふだんのじいちゃんなら、ぼくらが目上の人を批評したら、生意気だと叱るのに。

いったい、なにを言えというのだろう。

「大山さんは、ごもっとも、とありがたがっているがな。おれは、賛成できない。日本は欧米《おうべい》の植民地になったアジアを必ず解放すると言っている。それはまだいい。だが、わからんのは、それをじゃまするアメリカにも勝つと言っておるんだ。大和魂《やまとだましい》は軟弱《なんじゃく》なキリスト教徒には決して負けんとな」

じいちゃんはため息をついた。

「わからんのだな、あの人には。おれは耕地会社で長いこと働いた。ハオレのことはよく知ってる。いいところも悪いところも。ハオレには言うに言われん底力がある。やらなきゃならんとなったら、そりゃもう、徹底《てってい》してとりかかる。あの人にはそれがわからんのだよ」
じいちゃんはそう言うと、床にひっくりかえって寝てしまった。

かあさん

一九四一年九月

ぼくはそれから毎日剣道部《けんどうぶ》に通った。

九月になって公立学校も日本語学校もはじまった。耕地で仕事をしていたやつらもまっ黒に日焼けして戻ってきた。

だが、じいちゃんは九月の句会を休んだ。きっとこの前、校長先生とのあいだでいさかいがあったせいで、顔を合わせたくなかったんだろう、とぼくは思った。

じいちゃんは、あれきり大学の話をしなかった。

でもぼくは、どうしても考えてしまう。

本土の大学に行けというのは、ようするににいちゃんが店をつぐのだから、ぼくは外に出て名をあげろということなんだろう。

そもそもぼくにだけむかしのえらい人の名前をつけたのも、出世してくれという願いが心の奥にあったからかもしれない。

でも、肝心《かんじん》のぼくは出世したいんだろうか。

じいちゃんはうちでは一番年上だ。日系の家では、年上の男が、家族の身のふり方を決めていいことになっている。ひとりひとりの意見を大事にするハオレとは、ぜんせんちがう。

つまりうちでは、じいちゃんが、本土の大学に行け、と言ったら、行かなければならない。

そんなこと言われても、ぼくに出世なんてできるのだろうか？

ぼくは、自分が本当はなにがしたいのか、よくわからない。

本土の大学に進学するなら、ミス・グリーンに、相談しなければならない。じいちゃんは「行け」と命令するだけで、どこにどういう大学があるかとか、どんな勉強をしたらいいのかまでは、まったく考えていないだろうから。

だからといって、今は、そんな気になれない。

そんなある日の午後、自転車で店を出て、日本語学校につづく坂道をあがろうとしたとき、一台の自動車が道の手前にとまっているのに気がついた。

軍のジープでもなければ、ロゴのついた耕地会社の車でもない。

水色のセダン、乗用車だ。

それも、鼻先がコリー犬のようにぐっと前に出た、新型の上等そうなやつだ。

めずらしいな、と思いながらその横を通りすぎようとすると、いきなり後部座席のドアが開いた。ぼくはぶつかりそうになって、あわててブレーキをかけた。

「マレ、マレね」

女の人の声がするのと同時に、車の中から白い手がにゅっとのびて自転車のハンドルをつかんだ。

「自転車降りて、中にはいって」

ぼくはびっくりして、女の人の顔をのぞきこんだ。

ねえちゃんに似た卵型で、少し年のいったきれいな人。

五年ぶり、つまり、とうさんの葬式《そうしき》のすぐあとぐらいから会っていないけど、すぐわかった。

「か、かあさん」

「そうよ、マレ。会いたかったわ。大きくなったわね」

ぼくはあわてて道ばたの草むらに自転車を隠《かく》すように置くと、車に乗りこんだ。

「ドア閉めて。近所の人に見られるといけないから」

ぼくがドアを閉めると、車はすぐに走りだした。

運転しているのは、白い麻《あさ》のジャケットを着たやせた男だ。かあさんは後部座席から身を乗りだすようにして、日本語でていねいにこう言った。

「徳三《とくぞう》さん、末っ子の希典《まれすけ》です」

「やあ、はじめまして」

ちょっとだけふりかえったその人は、目つきがひどく鋭《するど》かった。

最初、日系人かと思ったが、しゃべり方は、日本から来たばかりの校長先生に似ている。

歯切れのいい、はっきりした日本語。

日本人だ。

「希典っていうのは、乃木《のぎ》大将の？」

徳三は、ハンドルをにぎったままきいた。

「そうなんです。あたし、お話しなかったかしら?」

かあさんはちょっと甘《あま》えたように言った。

「そうか、勇ましいな。乃木大将といっしょだなんて、きみ、頼もしいじゃないか」

これは日本人にとってはほめ言葉なんだな、と察したぼくは、もごもごとありがとうございますと答えた。

「マレ、ほんと大きくなったわね」

かあさんは、横を向いて、ぼくの両手を取った。

前はかけていなかったパーマをかけて、ハオレの女優さんみたいなウエストのきゅっと締《し》まったワンピースを着ていた。白いハイヒールを履《は》いている。

「会いたかったわ」

かあさんはさっきも言った台詞《せりふ》をくりかえしながら、片手でぼくの肩《かた》をひきよせた。

「ぼくもだよ」

と答えながら、ぼくはかあさんの香水《こうすい》のにおいがなんだかいやだなと思った。

「学校、ちゃんと行ってる?　日本語学校も?」

うん、とぼくはうなずいた。

「みさをは？」

「ワイカフリ郵便局に就職した。窓口にいる」

「結婚《けっこん》は？」

「まだ」

「つきあってる人は？」

「いないみたいだけど、よくわかんない」

ジャックのことは、まだ内緒《ないしょ》だ。

「そうなの。みさをもう二十二だし……」

かあさんは声を落とした。

「広樹《ひろき》は？」

「店を手伝ってる。ハイスクールには行かなかった」

「そう……」

かあさんはちょっとがっかりした顔をした。

「あんな小さな店、そんなに大事なの？」

大事だよ、じいちゃんとばあちゃんととうさんが、耕地で死ぬほど働いて開いた店じゃないか、と言いそうになって、ぼくは口をつぐんだ。

ぼくはまだ小さかったから気がつかなかったけど、かあさんは店のことをそんなふうに思っていたのだろうか。店に立って、愛想《あいそ》良くお客さんの相手をしていた姿しか思いだせない。

「いつ、日本から戻ってきたの?」

ぼくは話を変えた。

「あ、戻ってきたわけじゃなくてね」

かあさんは、運転席の徳三をちらっと見た。

「ハネムーンなの」

「え?」

ぼくはどきっとしてから、そうか、と思いなおした。

そりゃそうだ。かあさんだって、日本に帰ってからの五年間に、いろんなことがあったはずだ。

仏壇《ぶつだん》の位牌《いはい》が、ちらっと目に浮《う》かんだ。

「私たち結婚したのよ。それで、ハワイへ旅行に来て、全島をまわっているの。遊覧飛行なんて、三回もしたのよ」

かあさんは自慢《じまん》げに言った。

「ひ、飛行機に乗ったの？」

「そう、セスナを借りきってね。ホノルルからヒロに来るのにも旅客機《りょかくき》に乗ったわ。はじめて近くで見たわよ、マウナケアの山頂。長いことここで暮らしていて、いっぺんも登ったことなかったのに。さすがに雪は積もってなかったけど」

マウナケアは、マウナロアと並んでここハワイ島のまん中にある高い山だ。

ハワイは常夏《とこなつ》といわれているが、じいちゃんによれば、日本の夏ほど暑くもないから、常春といったほうが正確なんだそうだ。それでも冬になれば、マウナケアとマウナロアの山頂に雪が降る。ハオレの先生たちはみんな、赴任《ふにん》してくるとめずらしがって登山に出かけるが、なにせ、日本の富士山より高い山なので、それなりの装備が必要だし、時間もお金もかかる。とうぜんぼくらにはそんな余裕《よゆう》はない。

かあさんはそのマウナケアを、飛行機から見たと言っているのだ。

ぼくも見たかったたな、そう言いかけてやめた。

ハネムーンなんだ。

かあさんは、どこに行った、なにを食べた、どこで遊覧船に乗った、などとまるで少女のようにしゃべり続けている。

家にいたころのかあさんは、ぼくらみんなのものだった。かあさんは自分がもらったお菓子《かし》でも、ぼくらに分けあたえてくれた。たとえ自分は食べなくても。

でも今のかあさんは、もらったものをぼくに見せびらかしている。

あのころより大きくなったぼくは、本当なら、大人っぽく、よかったねと言うべきなんだろう。

でも、なんだか、そんな気になれなかった。

それにしても、と、ぼくはかあさんの話をききながら、徳三という人のうしろ頭を見ていた。

ハネムーンとはいえ、そんな豪勢《ごうせい》な旅ができるなんて。そして、この新型のセダン。借りたんだろうか、買ったんだろうか。

いったいどんな人なんだろう。かあさんが結婚したこの徳三という人は。

なんだか胸《むな》さわぎがした。

車は、いつの間にかヒロの町にはいり、ロイヤル・ヒロ・ホテルの前に着いた。

ほとんどハオレしか泊《と》まらない、ヒロでもいちばん高級なホテルだ。

アジア系だとすぐわかる年配のベルボーイが、車にさっと近寄ってきて、ドアを開けた。

「ぼくはねえ、ヒロの町で用事があるから、先にはいってて」

徳三はふりむいて、そう言うと、車を走らせた。

「マレ、ちょっと、私たちの部屋まで来てちょうだい。大事な話があるの」

かあさんに言われ、いっしょに回転ドアを進む。

回りきったところで、マネージャーらしい黒い背広のハオレが飛んできた。

かあさんに向かって、遠慮《えんりょ》がちに、しかも遠回しな英語の表現を使って、連れのぼくははだしだから、ホテルの中にいれることはできないと言っている。

かあさんは、ハワイで長く暮らしていたといっても、ようするに一世だ。この子に靴《くつ》を履《は》かせてくれ、と単刀直入に言われればわかるだろうが、こんな難しい話し方には慣れていない。つまり、よく意味がわからないってことだ。

どっちにしても、ぼくは靴を持っていないから、通訳したところでどうしようもない。

「あ、かあさん、いいよ。外で話そう」

ぼくは回れ右をして、はいってきたばかりの回転ドアから外に出た。

そのときだ。

さっきのベルボーイが、ぼくの肩《かた》をたたいた。

「きみね、ちょっとおいで。私のシューズね、貸してあげる」

日本語だ。日系人だった。

しゃべり方からすると、たぶん二世だ。

「中でね、しばらくお待ちくださいね」

ベルボーイはかあさんに向かって日本語でていねいに言うと、ぼくをホテルの裏手に連れていった。ボイラーの機械が並ぶその奥に、倉庫の入り口のような殺風景なドアがあった。

ドアを開けると、たばこのにおいがした。だれもいないが、ベンチがいくつか置いてあり、テーブルには雑誌や、コーラの空き瓶《びん》が乱雑に並んでいる。

「このあたりにね、戻しておいてくれたらいいからね」

ベルボーイは、ぼくに黒い革靴《かわぐつ》を差しだすと、ドアを開けて急いで出ていった。

ぼくは、あたりを見まわして、部屋の隅《すみ》に白い洗面台を見つけた。その上に片足ずつあげて水道の水でよく洗い、手ぬぐいをポケットから出して拭《ふ》いた。

靴に足をいれてみたら、ぼくのサイズよりちょっとだけ大きかった。

ホテルの玄関《げんかん》に戻ると、さっきのベルボーイはもういなかった。

ぼくは回転ドアを押《お》してホテルのロビーにはいった。

今度は、マネージャーは飛んでこなかった。


ぼくはホテルの部屋というものに、生まれてはじめてはいった。気おくれしながら、中を見まわす。

大きなベッドと、布張りソファーが三つ。猫足《ねこあし》のテーブルの上には色とりどりの果物《くだもの》をもった籠《かご》が置かれていた。

窓からは青いヒロ湾《わん》が見えた。

湾をはさんだ対岸の道沿いには、椰子《やし》の木が並んでいる。その奥は、マウナケアの山頂までつづくなだらかな斜面《しゃめん》になっているはずだ。だが、腰《こし》をかがめて見あげても、あまりに高すぎて、山頂は見えなかった。

かあさんは、テーブルの上の果物を、食べろと言った。

ぼくはバナナを取って、ソファーに座った。こんなきれいなところで、汁《しる》の出るマンゴーなんて食べたくない。

「マレ、いっしょに日本に戻ろう」

かあさんは、いきなりそう切りだした。

「え?」

「徳三さんにマレの将来のこと、相談したの。そうしたら、マレの年なら、中学二年に編入させてもらったらいいだろうって、言ってくれたの。徳三さんが言うには、日本では、小学校を出て高等小学校に行く人もたくさんいるけれど、高等小学校ではなくて中学校にはいっておけば、その先、高等学校にも進学できるし、大学にもはいれるからって」

「な、なんでぼく?」

びっくりして、とっさにそう答えた。

これはかあさんが、もらったお菓子をぼくに分けてくれるっていうことなんだろうか?

それにしても、ねえちゃんでなく、にいちゃんでなく、なぜ、ぼくだけに?

「私、さびしいんだもの」

かあさんは、甘えるように言った。

「家族がほしいのよ。子どもが結婚するところも見たいし、孫の世話だってしてみたいでしょ」

ぼくは、ほおばったバナナを、むりやり飲みこんだ。

「バナナ、もう一本食べなさいな」

かあさんは言った。

「徳三さんって、なにしてる人なの？」

ぼくはようやくきくべきことを思いついた。

「実業家よ」

「どこで知りあったの？」

「東京で。私が働いているお店に、お客さんで来たの。ハワイに住んでいたって言ったら、ぼくはハワイが好きで、一度行ってみたいんだ、いろいろ教えて、って」

なるほど、とぼくは納得《なっとく》した。

だからあちこち見てまわれて、飛行機にも乗れるんだ。お金がある。

「徳三さんの家はすごく大きいの。メイドさんもいるわ。東京に来れば、マレは自分の勉強部屋を持てるわよ。そして電車で学校に通うといいわ」

「ねえちゃんは？　にいちゃんは？」

「あのふたりは、こっちで暮らすんでしょ。みさをは就職したんだし、広樹は店をつぐんだし」

かあさんはちょっと冷たく言った。

「マレはまだ、どうするか決まってないんだから」

そうか、そういうことか。本土の大学に行けという、じいちゃんと同じだ。

ぼくは将棋《しょうぎ》の持ち駒《ごま》みたいなもんだ。

縛《しば》りがないから、どこにでも打てる。

みんなの都合で。

そう思うと、なんだか急に腹が立ってきた。

シュンの言葉を思いだす。

どっちにいても外国人だって。

「日本には行きたくない」

ぼくはぶっきらぼうに言った。

「帰ってきたやつがいるよ。向こうでも外国人だったって。日本語書けなかったから、中学校にはいれなかったって。たぶんだめだよ。ぼくは日本の学校ではやっていけない」

「そんなことないわよ。マレはちゃんと日本語学校に通ってるんだし……」

「そんなんじゃだめなんだよ、歯が立たないんだ」

「試《ため》しに来てみて、だめだったら、またこっちに戻ればいいじゃない」

かあさんはわかってない。

日本にいっぺん行って帰ってきたら、こんどはこっちでも「帰米」として、それまでとはちがう目で見られる。

「ぼくはアメリカ人だ。日本には行かない」

ぼくはそう言って立ちあがった。

「帰るよ」

かあさんは、残念そうに肩《かた》を落とした。

「じゃあ、みさをと広樹に伝えてくれない？　今週末まではここにいるから、会いにきてって」

「自分で言えばいいじゃないか。店に来て」

かあさんが馬鹿《ばか》にする小さな店に、かあさんが捨てた店に、と言いそうになって、そこまで言っては悪いと、なんとか踏《ふ》みとどまった。

「だって……じいちゃんがいるでしょ」

「ぼくは言わないよ。かあさんに会ったことも言わない。手紙書くなり、電報打ってもらうなり、自分でどうにかして」

ぼくはドアのほうに向かった。

「マレ、帰るの？　もうすぐ徳三さんが戻ってくるから、車で送ってあげる」

「いいよ。ひとりで帰れる」

ここから歩いたら、店に着くのは夜になっちゃうな、とぼくは思った。

かあさんはハンドバッグを開いて、ぼくのズボンのポケットにお札をねじこんだ。

「じゃあ、汽車で帰って。遅《おそ》くなるから」

かあさんは涙ぐんでいた。

「マレ、元気でね」

かあさんは、ぼくの肩を抱《だ》いた。また香水のにおいがした。

ホテルの玄関を出て、靴を返してから、ヒロの駅に向かった。

歩きながら、涙が出た。

かあさんがいなくなって、寂《さび》しくて泣いていたころとは、ちがう涙だ。いなくなったうえに、もう一度かあさんに捨てられたような感じだ。

駅で、切符《きっぷ》を買おうとお札をたしかめると、十ドル札だった。みんながやってる耕地の仕事なら、いったい何日分の稼《かせ》ぎだろう。

プラットホームから、マウナケアを仰《あお》いだ。

厚く雲がかかっていて、山頂は見えなかった。

レイラ二

一九四一年十一月

かあさんは、手紙も電報もよこさなかった。

日本行きを断ったことは、後悔《こうかい》していない。それでもぼくはまだ、ミス・グリーンに大学のことを相談できずにいた。

じいちゃんはあの日以来、句会に行っていない。その代わり、ときどき大山のじいさんが、店に来て長々と話をしていくようになった。

楽しい種類の話ではなかった。

ききたくなくても、店の中を通らなければ、居間にはいれない。

「ホノルルにいる剣道《けんどう》仲間が、伝えてきましたよ。なんでも日本の東條首相《とうじょうしゅしょう》が、いざ開戦となったら、日系人は祖国であるアメリカのために尽《つ》くせと手紙をよこしたそうだ、とね。首相だけでなく、ワシントンにいる日本の野村《のむら》大使もそうおっしゃっていたんだとか」

「大山さん、それは、どういうことですか」

「祖国はこちらだと、そういう意味じゃないのですか。ぼくはね、いざというときは、日本軍に呼応して、さとうきび畑に火をつけて応援《おうえん》すべきと、日頃から言っておりましたけれど、それをききましたら、はてどうしたものかと思いましてな」

「アメリカに対する恩、というものもありますからな。私たちは、たしかに貧乏《びんぼう》でかつかつの暮らしをしてきた。ハオレに比べれば、なにをやるにも見えない壁《かべ》があって大変だ。だが、アメリカはチャンスの国だ。やる気がありさえすれば認めてくれる。私たちは恩を受けている」

「そう、そうです。そのとおり。そして、子どもら二世は、なにより市民権を持ったアメリカ人じゃないですか」

「恩に報《むく》いる。それは大事なことです。だが、はたしてそれをどちらの国に返すべきかとなると……迷いますな」

東條首相も野村大使も、しょせん、こっちの人じゃない。日本の人だ。じいちゃんも大山のじいさんも、そんな人たちの発言を、とても大事に思っているらしいが、ぼくにはそれがなぜなのか、よくわからない。

それにしても、開戦だなんて……。ほんとうにそんなことが起きるんだろうか。

新聞によれば、日本は中国と戦争中で、アメリカとの戦争をはじめるだけの余裕《よゆう》はないという話ではなかったのか？

でも、日本語学校では、校長先生が毎日、大和魂《やまとだましい》は軟弱《なんじゃく》なキリスト教徒になど負けないと、声を張りあげて説教をしていた。

なんかずれている。

そもそも、キリスト教徒をひとくくりにするのは乱暴じゃないか。

本土から来たハオレはだいたいキリスト教徒だが、新教で、ポルトガル系やフィリピン系にはカトリックが多い。同じキリスト教でも教会の形もしきたりもちがう。それから元々ここの住民だったハワイ人にもキリスト教徒が多いけれど、自分たちの祖先や、伝統を大切にしているという点では、ハオレのキリスト教徒とは、ちょっとちがう。

校長先生は来たばかりだから、そういうこともぜんぜん、わかっていないのだ。

だいたい、日本語を習って役に立つんだろうか。もちろん日本語学校で教えているのは日本語だけじゃない。剣道もそのひとつだし、そろばんも教える。女の子は校長先生の奥さんに着物の仕立ても習ってる。どれも、日本に戻ったとき困らないように、ということなんだろうけれど。

ぼくはもう、日本に戻ることはない。

そう言ってかあさんの誘いを、断ったじゃないか。

じいちゃんに、日本語学校をやめていいか、とちらっときいたら、即座《そくざ》にだめだと言われた。

自分は句会をやめたくせにずるいよ、と思ったが、目上の人には、はい、しかない。

そんなある日、ぼくは、公立学校の帰りがけ、同じクラスのレイラニに声をかけられた。

レイラニはハワイ人の女の子だ。髪が長くて、肌《はだ》は浅黒く、まぶたが二重で、目がぱっちりと大きい。

「マレは、胸板《むないた》が厚いわね」

え、いきなり？　ぼくはびっくりして、つんのめるように立ちどまった。

レイラニとはこれまで何度も言葉を交わしたことはあるけれど、ふたりっきりで話をしたことはない。

「かっこいいわ。私、胸の厚い人、好き」

「ほ、ほんと？」

ぼくは、自分の顔がみるみる赤くなるのを感じた。

「うん、好きよ」

「け、剣道やってるからね」

「剣道って？」

「こうやって、竹の棒で打ちあうんだ」

ぼくが、メンとかけ声をかけて打ちこむまねをしてみせると、レイラニは目を輝かせた。

「わあ、かっこいい。それはどこでやるの？」

説明すると、レイラニは見にいきたいと言った。

どうしようか。

これまでだれかが、日系人以外の知りあいを日本語学校に連れてきたことはない。

叱《しか》られるだろうか。

ちょっと不安だったが、道場の外から見学するぐらいならかまわないだろうという気もした。

道場は、雨戸を開ければ素通《すどお》しで、どこからでも見える。

「剣道をやるのは、学科が終わった後なんだ。ちょっと時間かかるけど、待てる？」

「うん、待つのは平気よ」

レイラニはにこっと笑った。

「私たちハワイ人は、いつだって、あせらないのよ。雨が降れば雨があがるのを待つし、風が吹《ふ》けばやむのを待つの」

ぼくは店から日本語学校用の布カバンと自転車を取ってくると、自転車を押《お》しながら、レイラニといっしょに坂をのぼった。

レイラニはすそにフリルのついた赤いチェックのワンピースを着ていた。足はぼくらと同じくはだしだ。

腰《こし》つきが色っぽいな、とぼくは思った。それから、そう思った自分にどきっとした。女の子に対して、こんなふうに考えたことはなかったのに。

今、ぼくは女の子と並んで歩いている。

どこか誇《ほこ》らしい気持ちがした。

「どこに住んでるんだっけ？」

「ワイカフリ耕地の社宅」

じいちゃんたちが前に住んでいたところだ。

ぼくが生まれたころにはもうそこを出ていたが、じいちゃんの古くからの仲間はまだ住んでいるし、ぼくもよく配達に行く。通りの両側に、同じ形をした、玄関《げんかん》の前にはしご段のある木造住宅が、ずらりと並んでいる。

「でもね、それはおとうさんが耕地で仕事をしているからなの。本当は、あの島におじいさん、おばあさんがいるのよ」

レイラニは、坂道をふりかえって、海のほうを指さした。

こんもりした森のある島が、遠くに見える。

じいちゃんたちは、おわん島と呼んでいる。本当の名前は知らない。

人が住んでいるなんて、考えたこともなかった。おわんのように小さく見えるけど、それは離れているからで、実際はかなり広いのだろう。

「ときどき、船で遊びにいくのよ。マレ、今度いっしょに来る？」

「え、いいの？」

「もちろんよ。おじいさん、よろこんで泊《と》めてくれるわ」

ハワイ人の家に泊まるのか。

なんだかわくわくする。

家に呼んでくれるほど親しいハワイ人の友達は、今までいなかった。

「あれが、日本語学校？」

レイラニはものめずらしそうに、坂の上に見えてきた校舎を指さした。

「そう、一番左の古い日本家屋が、校長先生の家。それから、まん中の細長い建物が教室。右の大きな平屋が、道場。剣道のけいこをするところなんだ」

校長先生の家は、むかし、日本から来た大工さんが、ワイカフリ唯一《ゆいいつ》のお寺といっしょに建てたものだから、そうとう古い。ここだけは本式の日本家屋になっている。

自分にとってあたり前のことを、それを知らない人に説明するのは、新鮮《しんせん》だ。

ぼくは、道場の前の草地に、レイラニを連れていった。

「このあたりで待っててくれる？　時間かかるけど」

「だいじょうぶ。レイ作ってるから。あたしたちは散歩するときでもレイを作りながら歩くのよ。できたら、マレにあげる」

レイラニは、冬は花がちょっと少ないけれど、探してみるといって、ジンジャーの大きな葉をかき分けて、草地に続く森の中にどんどんはいっていった。

ぼくの胸板が厚いって、ほんとかな。

ちょっと自分の胸を触《さわ》ってみる。

その日、学科の授業中、ぼくはずっと上の空だった。

レイをくれるなんて言ってたけど、待ちくたびれて家に帰ったんじゃないかと心配になって、何度も窓の外をながめた。

ようやく授業が終わり、みんなといっしょに道場に移動した。草地を見たが、レイラニの姿はなかった。

やっぱり待ちくたびれて帰っちゃったんだ、とぼくはがっかりしながら、剣道着に着がえて防具を着けた。

面をつけようとしたそのときだ。

「マレ、マレ。すごいわ、その着物、かっこいいわ」

レイラニが草地を横切ってかけてきた。片手にレイを持って、髪に赤い花を挿《さ》している。

「おーおー、おまえ、いつの間に？」

「うまくやってるじゃない？」

「美人だし」

同級生が、ぼくを指でつつく。先輩《せんぱい》たちもにやにや笑っている。

「マレ、これ、もらって」

レイラニは、道場の縁側《えんがわ》の外から、レイを差しだす。

色とりどりの花を緑のシダの葉で編みこんだ、太くて立派なレイだ。

冬はあんまり花がないって言ってたのに、一生懸命《いっしょうけんめい》探して、作ってくれたんだ。ぼくはちょっと感激した。レイには、大地の持っている神聖な力を受けとるというような意味があるんだったっけ。くれるというのを断ったり、返したりしてはいけないということは、ぼくだって、知っている。

ぼくは縁側にひざをついて頭をさげ、レイラニからのレイを受けた。

甘《あま》い花の香《かお》りが顔のまわりを包んだ。

「これは私の心よ、マレ」

レイラニはぼくの耳元でささやいた。

どきどきする。レイラニはぼくが好きってことだろうか。

そのとき、突然《とつぜん》背後からどなり声がきこえた。

「なにをやっているんだ」

ふりむかないでもわかった。校長先生だ。

「ここは神聖な道場だぞ。女といちゃいちゃするなど、言語道断だ」

みんな、一瞬《いっしゅん》にして凍《こお》りついたように、口をつぐんだ。

校長先生は怒っている。

ゆっくりふりかえると、小判型ののっぺりした顔がまっ赤になり、目が鋭《するど》くつりあがっていた。

校長先生は、縁側に立ち、腰に手を当てて、レイラニを見おろした。

「だれがここに来ていいと言った。帰りなさい」

「すみません。ぼくが言いました」

ぼくは、あわてて立ちあがり、校長先生に説明した。

「公立学校の同級生なんです。剣道を見たいって言うから、いっしょにここまで来て、ずっと待っててくれたんです」

「ばかたれ。今が、どういうときかわかっているのか。故国は戦っているんだぞ。たるんでおる」

校長先生は、ぼくのほっぺたを、いきなり平手でパンとたたいた。

レイラニがびっくりして、二歩ぐらい飛びのく。

校長先生は日本語で話しているが、雰囲気《ふんいき》は伝わるはずだ。

たしかに、レイラニを日本語学校に連れてくることに、迷いはあった。レイを持って道場に近づいてくるとは思わなかった。

とはいえ、無邪気《むじゃき》にかけよってきたレイラニを、追いはらうようなまねはできない。それに、まだ剣道の授業ははじまっていないし、レイラニは道場の中にはいってきたわけではない。

このぐらいなら許されるだろうと考えたのは、ぼくが甘かったのだろうか。

みんなはどうなるかと固唾《かたず》をのんで、ぼくと校長先生、そしてレイラニを交互《こうご》に見ている。

校長先生は怒りに声をふるわせながら、みんなを見まわした。

「どうしてきみたちには、わからないんだ。国では、満州では、きみたちとほとんど年のちがわない若者が、兵隊さんとして苦労している。ぼくは日本で、何人もの生徒を、満州に送りだしたんだ。同じ日本人として、恥《は》ずかしくないのか」

そりゃ恥ずかしいよ、とぼくは反抗的《はんこうてき》な気持ちになっていた。

レイラニの前でひっぱたかれたんだから。

「なにをにらんでいるんだ。目上の者をにらみかえすなど、生意気な」

校長先生は、ぼくに向かって、もう一度手をふりあげた。

「まず、すみませんだろう。ちがうか。すみませんも言えんのか。おまえは大和民族だろう。大和民族は、勤勉で優秀《ゆうしゅう》な民族だ。アジアの模範《もはん》、いや世界の模範となるべきなんだ。その大和民族の魂を、心を、鍛《きた》えるべき剣道の時間に、こんな、こんな……」

またたたかれるかと覚悟《かくご》したが、ちがった。校長先生はふりあげた手で、ぼくの首から、レイをもぎ取った。

「こんな土人の遊び事を」

校長先生は、レイを地面にたたきつけた。

レイラニが小さく、ひゃっと叫《さけ》んだのがきこえた。

ぼくは、思わず縁側から飛びおりて、レイを拾いあげ、また自分の首にかけた。

「遊び事とはなんだ。ハワイ人には大切なことだ」

ぼくは校長にどなり返していた。

土人という言葉は、一世も使う。だけど、ここに長く住んでいる人ならば、多かれ少なかれ、ハワイ人のことは理解している。困ったときに世話になることもあるし、いっしょに働くことだってある。レイを、こんな風に粗末《そまつ》にしてはいけないということもわかっている。

「なにを！」

校長はさらにまっ赤な顔になった。

「ハワイ人は劣等《れっとう》な土人だぞ。怠《なま》け者で遊んでばかりいるから、このハワイを白人に取られてしまったではないか。われわれ大和民族は、その轍《てつ》を踏《ふ》んではならんのだ。劣等な土人と交わって、大和民族の魂を汚《けが》してはならない。土人化してはならぬのだ」

校長先生がなにを言いたかったのか、やっとわかった。

この人は、ぼくが剣道の時間に剣道以外のことをしていたのが気にいらないのではない。レイラニをここに連れてきたのが気にいらないのでもない。ぼくがレイラニと親しくしているのが許せないのだ。

その瞬間、ぼくは決めた。

この人になにかを教わったり、したくない。

日本語学校は今日限り、やめる。

ぼくは縁側に立つ校長先生を、あらためて見あげた。

「校長先生、ハワイの日本語学校の教科書には、必ずハワイの神話が載《の》っているのをご存じないんですか。ほかならぬ日本語学校が教えてきたんですよ。ぼくは日本の神話といっしょにそれを習って育った、ハワイ生まれのハワイ育ちの人間です」

静かに言うと、防具をはずして縁側に置いた。それからレイラニの手をひっぱった。

「行こう」


次の日、公立学校から戻ると、大山のじいさんとじいちゃんが店の中でしゃべっていたが、ぼくの姿をみるとぴたりと話をとめた。

昨日のことだと、すぐにわかった。

校長先生との一件は、大山のじいさんの耳にもはいったんだろう。それでじいちゃんが知っているか、たしかめに来たにちがいない。

ぼくはだまってふたりの前を通りすぎようとした。

「希典《まれすけ》」

叱《しか》られる。

じいちゃんの手が、ぼくの腕《うで》をとらえた。

隠《かく》すつもりはなかったが、報告していない。

いずれわかると覚悟《かくご》はしていたものの、体がこわばる。

でも、ぼくは決めたんだ。

日本語学校にはもう行かない。じいちゃんがなんと言おうと。

「大山さんが、おまえが昨日置いて帰ったカバンを持ってきてくださった。礼を言え」

店の丸テーブルの上には、ぼくの日本語学校用のカバンが置いてあった。肩《かた》かけできる帆布《はんぷ》製の手作りカバンだ。入学したときに、かあさんが作ってくれたのだった。漢字で小西希典と書いた布が縫《ぬ》いつけてある。

「あ、ありがとうございました」

ぼくは頭をさげてから、大山のじいさんの顔を見ずにカバンをつかんだ。

それから、一目散に店の奥へかけこむ。

「希典」

じいちゃんはうしろから声をかけてきた。

ぼくは、もう一度びくりとして、立ちどまった。

「日本語学校に行かんのなら、配達を手伝え」

じいちゃんは、大声でつづけた。

「返事は？　目上の者にはちゃんと返事をせい」

「はいっ！」

ぼくは答えた。

それから、ほっとしたせいか、笑いがこみあげてきた。

じいちゃんはたしかにぼくのじいちゃんだ。

第二部

ラジオ

一九四一年十二月　その1

ぼくはレイラニとつきあうようになった。

レイラニの家にも遊びにいったし、その帰りにはじめてキスもした。もちろんハオレみたいに道のまん中でじゃない。花の香《かお》りのする森の中でだ。

まだ例のおわん島には行っていないが、クリスマスの礼拝が終わったら、家族で島に帰ることになっているから、いっしょに行こうとさそわれている。

行きたいが、じいちゃんになんて言えばいいかが、問題だ。

大山のじいさんから例の騒動《そうどう》にレイラニが関係していることはきいているだろうが、それでもつきあっていると知ったら、じいちゃんがどんな反応《はんのう》をするのか。それがちょっと心配だった。じいちゃんはハオレよりは、ハワイ人のほうが、どちらかといえば好きだ。それはわかっている。

ねえちゃんのほうはといえば、まだジャックとつきあっているみたいだった。

「みさをは、毎晩なにをしておる」

ねえちゃんがちゃぶ台の上に用意してくれた夕飯を、三人で食べていると、じいちゃんがみそ汁《しる》をすすりながら、ぼそっと言うこともあった。

そんなときは、にいちゃんが、

「友達と遊んでるんだろ。ねえちゃんは、朝は早く起きて洗濯《せんたく》もしてるし、郵便局でちゃんと働いてるし、遊びにいく前に、こうやって夕飯も作ってるんだから、それぐらい、いいじゃないか」

と、軽くかわした。

「まあ、たしかに、楽しみもなければだが……」

じいちゃんは歯切れの悪い口調でそう言って、眉《まゆ》を寄せた。

そんなやりとりをした、次の日の朝だ。

日曜なので、店は休みだった。

ねえちゃんもぼくらもけっこうゆっくり寝《ね》ていた。

じいちゃんだけが、起きて居間のちゃぶ台の前に座り、店のラジオをききながら、新聞を読んでいた。

「なんだと！」

いきなり、じいちゃんが叫《さけ》んだ。

「広樹《ひろき》、希典《まれすけ》、ちょっと来い」

ぼくはなにごとかと、居間に飛びこんだ。

「ラジオだ、ラジオ」

じいちゃんはぼくを店のラジオの前までひっぱっていった。

アナウンサーのはりつめた声が、きこえた。

「これは訓練ではありません。訓練ではありません。本番です。パールハーバーが日本軍に爆撃《ばくげき》されています。くりかえします。訓練ではありません。日本の戦闘機《せんとうき》が、現在オアフ島を攻撃中です」

「本当か？　日本が攻撃してきたって言ってるのか？」

じいちゃんは仁王《におう》立ちになって、目をつりあげてきく。

アナウンサーは何度も、訓練ではないということ、そして、日本の戦闘機がホノルルの上空を飛んでいて、パールハーバーの施設《しせつ》や艦船《かんせん》、兵舎を、次々と爆撃していることを報《しら》せていた。

「本当だよ。日本が、軍の設備を爆撃してる」

いつの間にかうしろに立っていたにいちゃんが言った。

「なんでだ。なんでこんなことをする。これじゃ、おれたちを苦しめるばかりじゃないか」

じいちゃんがつぶやいた。

「おれたちがなにをしたっていうんだ。さとうきび畑で、まじめに働いてきたじゃないか。日本の親に仕送りをしたじゃないか。故郷の小学校にピアノがいるって言われりゃ、なけなしの金を集めて送ったじゃないか」

じいちゃんはそう言うと、店の椅子《いす》にへたりこむように座って、両手で顔を覆《おお》った。

「まさかね、本当にやるとはね。そうなるかもと、思わないわけじゃなかったけど」

にいちゃんは、ラジオの前に立ったまま、なげくように言った。

「でもえらい人が、そんなことにはたぶんならないって言ってたしなあ。これからどうすりゃいいんだよ。おれたちは」

ぼくも同じ気持ちだ。

なんで攻撃するのが、ワシントンでもニューヨークでもなく、よりによってぼくらのハワイなんだよ。そう思わずにいられない。

ねえちゃんが、ワンピースの背中のファスナーをあげながら、店に出てきた。

「いったいなにごとよ。休みなのに、朝っぱらから大騒《おおさわ》ぎして」

「日本が、パールハーバーを爆撃してる」

「えっ？」

ねえちゃんは、ぼくらと並んでラジオの前で耳を澄《す》ました。

「ほんとだ……」

当惑《とうわく》しているというのが、ぼくらの正直な気持ちだった。


「コニシさん、大変なことになりましたな」

定休日だというのに、じいちゃんの知りあいや、顔なじみのお客さんがおおぜいやってきて、店はまるで集会所のようになった。

「日本は勝つかもしれない。勝ったらどうする」という人もいれば、「いや、勝つはずがない。負けるに決まっている」という人もいた。とはいえ口論になったわけではない。将来の勝ち負けより、当面、とにかく困った、どうしよう、というのがみんなに共通した気持ちだったからだ。大山のじいさんでさえ、さとうきび畑に火をつけて云々《うんぬん》という話は、忘れてしまったかのように口にしなかった。

翌日、ルーズベルト大統領が議会で演説をして、日本と戦争状態にはいったことを告げた。その日以来、公立学校はしばらく休みになった。

日系の子は通りにたまって、開戦のことばかりを話した。親が失業するんじゃないかと心配している子もいたし、日本の親戚《しんせき》にまた会えるかどうか気にしている子もいた。

その前を、公立学校の同級生が通っていく。フィリピン系や、中国系、ポルトガル系なんかの子たちだ。

ぼくらは友達だった。仲間だった。クラスでは日系人が一番多いから、たしかに目立っていたかもしれないが、それでも、これまではみんなふつうに友達だった。

だけど今、こちらをじろじろとみるその目には、あきらかに敵意があった。

おまえらは敵だ、と言っていた。

その後もどんどんと事態は進んだ。

ハワイ全島に戒厳令《かいげんれい》が敷《し》かれ、当面、店は四時半までで営業を終了しなければならなくなった。お酒の販売《はんばい》も禁止とラジオで言っていたので、じいちゃんは、早速《さっそく》、酒類を全部倉庫にひっこめた。

通りを軍人が、銃《じゅう》を手に往復していた。

灯火管制、つまり灯《ひ》をともしてはならないということで、夜はいっせいに停電した。ちゃぶ台のまん中にろうそくを立てて、ひそひそと夕飯を食べた。

みんながあわててろうそくを買いにきたが、役所の許可がなければ、そもそも店の営業ができないということになったらしく、じいちゃんはまだ許可が取れていないのですみませんと、ただ頭をさげるばかりだった。売ってあげられないのに、うちだけろうそくを使ってはもうしわけないと、じいちゃんは、夕飯が終わったらすぐに火を消してしまうので、まっ暗な中でなにもすることがなく、ぼくらはとりあえず布団《ふとん》にはいって寝た。

営業できなければ干《ひ》あがってしまう。じいちゃんはあわててあちこちかけまわって、許可の取り方をきいてきた。それから、ぼくやにいちゃんをつかまえて、英語の書類の内容を説明させ、英字で記入させて、なんとか書類を整えた。

そのおかげで、店が再開できるようになって、いちおうは、ほっとしたのだ。

だが、それだけではとうていすみそうになかった。

資産凍結《とうけつ》、という言葉がラジオからきこえてきた。

「凍結って、どういうことなんだ？」

じいちゃんは、血相を変えてぼくにきいた。

「わかんない。取りあげるってことかな」

「ハオレもみんなか？」

じいちゃんにとっての情報源は、店で売っている『ヒロ新報』だったのに、この騒ぎで仕入れ先からはいってこなくなっていた。

じいちゃんはどこからか英字新聞を手にいれてきて、ぼくに読めと言った。

「ちがう……みんなじゃない」

ぼくは英語の辞書をひきながら、じいちゃんに説明した。

「ハワイの銀行に財産を有する日本国民は、って書いてある」

灯火管制や、店の営業の許可なんかは、だれもが受ける規制だったが、これはあきらかに種類がちがう。頭の中に、ぼくらをじろじろ見ながら通っていったクラスメートたちの敵意のある目が浮《う》かんだ。

ふうっと、じいちゃんはため息をついた。

「つまり、この家で言えばおれのことだな。それで、おれの名前で預けた預金はどうなるんだ？　政府に取られてしまうのか？」

「ちょっと待って」

ぼくは急いでまた辞書をひいた。

「月に二百ドルまではひきだしていいって。だけど、現金を二百ドル以上所持していたら、没収《ぼっしゅう》だって。だから現金があったら、早く銀行に預けろって」

「ずいぶんな話だな。銀行にあろうと手元に持っていようと、おれの金だろう。おれの稼《かせ》いだ金じゃないか。しかも月二百ドルで商売をやれっていうのか。おまえたちはどうなんだ？」

「ぼくらは、えっと……凍結されない」

「ふうっ」

と、じいちゃんは、こんどはほっとしたようなため息をついた。

「なんとかなるかもしれない。いろいろきいてみよう。またしちめんどくさい書類を書かなきゃならんかもしれんが。それにしても、えらいことになったな」

えらいことには、まだ続きがあった。

日本国民は、短波ラジオやカメラ、刀を持っていれば、警察署に差しだせというのだ。

「買ったばかりだぞ。買ったばかり。これを取りあげるのか」

じいちゃんは、新品のラジオをながめて、またため息をついた。

「しばらく様子を見ようよ」

にいちゃんが言った。

「あとで、持っていかなくてもだいじょうぶとか言いだすかもしれないし。だって、日系人はたくさんいるんだよ。集めたって、処分するのがひと苦労じゃないか。あわてることないよ。調べにきたらそのとき、どうぞって、持っていってもらえばいいんだから」

それもそうかな、という顔で、じいちゃんは少し首をかしげながらラジオをながめていた。

これは前に使っていたラジオが壊《こわ》れたから買ったのだ。持っていかれてしまったら、ニュースがきけない。次にまた新しいラジオを買うのは大変だ。まったくにいちゃんの言うとおりだと、ぼくも思った。

だが、翌朝早くのことだ。

店を開けたじいちゃんが、わっと声をあげたので、ぼくらは、びっくりして店にかけおりた。

「こんなことしやがって」

じいちゃんの怒った声が、店の外からひびいてきた。

ぼくもにいちゃんも表に飛びだした。

「ひでえな」

にいちゃんが言った。

黒いペンキで、表の壁《かべ》にでかでかと、

「JAPS　GO　HOME」

と、書いてあった。

英語が読めないじいちゃんにも、ちゃんと意味はわかったはずだ。

日本人は国に帰れという意味だ。

昨日、店を閉めたときには、もちろんこんな文字はなかった。

だれかが夜のうちに、書いたのだ。

戒厳令で、夜は出歩いてはいけないことになっていて、夜間外出許可のパスがなければ逮捕《たいほ》されるというのに、いったいどうやって？

「ＪＡＰＳのおれたちは、ちゃんと家でろうそくつけておとなしくしてたのにな。こんなことするやつのほうが、よっぽどあぶないじゃないか。こいつらこそ取りしまれよ」

にいちゃんが笑った。

ぼくもはらわたが煮《に》えくりかえるようだったが、わざと、あははは と、声に出して笑った。

笑わなければやってられない気分だった。

「広樹、希典」

じいちゃんが腰《こし》に手を当てて、静かに宣言した。

「李下《りか》に冠《かんむり》を正さずだ。わかるか。すももの木の下にいるときは、帽子《ぼうし》がずれたからといって、かぶりなおそうと手をあげてはならないということだ。疑われるからな」

じいちゃんはなにを言いだすつもりだろう。

ぼくもにいちゃんも、つばを飲みこんで、じいちゃんの言葉を待った。

「ラジオ持っていけ。やつらにくれてやれ」

じいちゃんはそう言うと、胸を張って店の中に戻っていった。

じいちゃんはくれてやれと言ったが、実際には警察署にひきわたしたのだ。自転車につないだ配達用のトレーラーにラジオを載《の》せ、にいちゃんがひっぱって、ぼくがうしろから押《お》して、坂道を上り、警察署に持っていった。

だけど、気分としては、じいちゃんの言ったとおり、やつらにくれてやった、それも落書きするような姑息《こそく》なやつらにやったようなものだ。

まだまだそれだけでは、すまなかった。

「エネミーエイリアンとは、どういう意味だ?」

しばらくして、じいちゃんはどこかから帰ってくると、ぼくにたずねた。

「敵国人ってことだよ」

ぼくはちょっとため息をついた。

一世のじいちゃんは、エネミーエイリアンだ。

四十年近く働いて、ちゃんと税金を納めてきたというのに。

最初は、ちょっとひかえめな「非市民外国人」という言葉だった。でもそれがだんだん「敵国人」という言葉に変わっていった。

一世だけではない。

「敵国人およびその家族は」という言葉も使われるようになって、二世のぼくらも、本当は「市民」のはずなのに、「その家族」として「敵国人」の側にいれられはじめている。

ねえちゃんは、夜、出かけなくなった。

近所のおばさんにさそわれて、仕事が終わると、婦人会に顔を出すようになった。国防国債《こくさい》というのが売りだされることになって、おばさんたちといっしょにその宣伝にあちこちまわっている。戦費になるお金を、国に貸して、愛国心を示すのだ。

じいちゃんもねえちゃんに言われて、たくさん買った。

ジャックとのことが気になったけれど、ねえちゃんからは、質問を許さない、そんな雰《ふん》囲気《いき》が感じられた。

十人以上の日系人が集まることは禁止だというので、にいちゃんは、踊《おど》りにいくのをやめた。代わりに、通りで長々、友達と立ち話をするようになった。なにを話しているのか、ぼくが通りがかると口をむすんでだまってしまうので、よくわからなかった。

おわん島

一九四一年十二月　その2

クリスマスが近づいても、公立学校は休みのままだった。

日本軍が飛行機で毒ガスを撒《ま》くおそれがあるということで、七歳《さい》以上のハワイの住民全員に、ガスマスクが配られた。浜辺では、日本軍の上陸を防ぐために、有刺《ゆうし》鉄線を張る国防工事がはじまっていた。その工事に人手が必要らしく、大々的に募集《ぼしゅう》がなされていた。お金がもらえるし、学校が休みだからと、働きにいく子も多かった。

ぼくもやろうかと一瞬《いっしゅん》、思った。お金を稼《かせ》ぎたいわけじゃない。ねえちゃんの国防国債《こくさい》と同じで、その仕事を進んですることで、ぼくらは敵じゃない、と示したい気持ちがあった。

でも、じいちゃんが店の仕事をしろというので、応募《おうぼ》はしなかった。実際、規制で営業時間が短くなった分、店は忙しくなった。さらに、この先どうなるかわからないと心配したお客さんが、今のうちに買えるだけ買ってしまえ、とおおぜい押《お》しよせてきて、ぼくらは三人ともてんてこまいだった。

とはいえ、敵国人には物を売らない、と公言している仕入れ先もあるらしく、今の在庫がなくなってしまえば、次の仕入れはどうなるかわからない。

クリスマスに、おわん島にいっしょに行こうと、レイラニにさそわれていたが、返事をしないまま、レイラニとはしばらく会っていなかった。

公立学校が休みだということもあったし、店が忙しいのもあった。

でも正直言うと、レイラニに会うのがちょっと怖《こわ》かった。

レイラニはぼくのことをどう思っているだろう。

JAPか？　それとも、敵国人の家族か？

ぼくらを冷ややかに見る、あのクラスメートたちと同じなのか。

あいつらは最近、胸に丸いピンバッジをつけている。国防工事や国債と同じく、アメリカへの忠誠を示すものだ。

バッジには星条旗を背景にしたものや、星条旗の色の青、赤、白に塗《ぬ》り分けたものなどいろいろなデザインと大きさがあるようだが、書かれた文字はどれも同じだ。

リメンバー・パールハーバー。

奇襲攻撃《きしゅうこうげき》を忘れるな。仕返しをしてやれ。そういう意味だ。

ぼくはアメリカ人だ。

日本語学校をやめる前も今も、その思いは変わらない。だけどこのバッジを見るたびに胸の奥がズキッと痛む。とうてい自分がつける気になんてなれない。

だけど、ひょっとしたら、レイラニがつけているかもしれない。

それを見たとき、ぼくはどんな顔をしたらいいのだろう。そう考えると、会うのが怖かった。

ところがある日、レイラニは、いきなり、店にやってきた。

「マレ、マレ。会いたかったわ」

レイラニはドアを開けて、ぼくに近づき、以前と変わらない調子で、首に手をまわしてきた。

太めの日焼けした腕《うで》が少し汗《あせ》ばんでいるのを感じた。髪に挿《さ》している白い花から、いい香《かお》りがした。

ぼくはその香りに、すごくほっとした。

変わらないでいてくれたことが、すごくうれしかった。

「クリスマスが終わったら来てって、さそったよね。今日は、その返事をききにきたの」

レイラニは言った。

店にいたお客さんたちがみんな、マレも大きくなったねえ、なんて顔で、にこにこ笑いながら見ている。ぼくは恥《は》ずかしくて、まっ赤になった。

じいちゃんはカウンターの中で、ちょっと眉《まゆ》をひそめている。

もうしょうがない。

ぼくは腹をくくった。

「じいちゃん、この子の家族に招待されてるんだ。クリスマスのあと、泊《と》まりにいっていい？」

ちょっと考えているような間があったあとで、じいちゃんは、しかたないという表情になり、うなずいた。

「ああ。だが、気をつけるんだぞ。いつ、なにが起きるか、わからないからな」

ふだんのじいちゃんなら、女の子の家に泊まるなんて、絶対許してくれなかっただろう。でも、じいちゃんも内心、敵国人扱いされていることに、めげていたのかもしれない。自分たちの仲間以外の、つまり日系人じゃない人たちに、受けいれてもらえることに飢《う》えてた。だから反対できなかったんじゃないかな、とぼくは思った。

でも、本当はちょっとごまかしていたのだ。

泊まりにいくのは、レイラニの家ではなく、おわん島だ。

こんなときにハワイ島の外に出るなんて正直に話したら、じいちゃんは、絶対首をたてにふらなかっただろう。

クリスマスの翌日の朝、待ちあわせ場所に行ってみて、ぼくはびっくりした。いつも公立学校のだれかがふつうにサーフィンをしていた浜辺に、有刺鉄線のコイルが、まるで蛇《へび》のようにうねっていた。コイルは大人の背の高さぐらいまで、二重、三重に積みかさねられて、容易に乗りこえられないようになっている。

これが、日本軍の上陸を防ぐための国防工事か。

見たとたんに、ぼくは冷たい水をかけられたような気持ちになった。

兵隊が、銃《じゅう》を持って見張っていた。

李下《りか》に冠《かんむり》を正さず。じいちゃんの言葉が、頭をよぎった。

ぼくはこれから、この有刺鉄線の外に出るわけだ。

兵隊に呼びとめられたらどうしよう。なぜ島を出るのかときかれたら。もし、レイラニの親戚《しんせき》の家に泊まると言っても信じてもらえなかったら。

ぼくの顔は日本人と同じだ。

もしかしたら、おわん島から戻るときに、敵の兵隊だと疑われるかもしれない。

いや、疑われるどころじゃない。下手をすれば、その場で撃《う》ち殺されるかも。

来るんじゃなかった。

本当のことを話して、じいちゃんに反対してもらえばよかった。

同時に、そう考えたぼくは、弱虫だなと思った。

「マレ、こっち、こっち」

レイラニの声がした。

ビーチの左端《ひだりはし》に、ワイカフリ川が海に流れこむ河口がある。

レイラニはそのそばに立って、手をふっていた。

河口は対岸が崖《がけ》になっているが、手前の岸辺にある低い木の陰《かげ》には、ハワイ人の使う帆《ほ》つきのカヌーが泊めてあった。舟《ふね》の片側に二本の棒を張りだして、木製の浮《う》きを繋《つな》いだものだ。茶色の船体は、磨《みが》かれてつやつや光っている。カヌーとはいえ、逆三角形の帆がついていて、五、六人は十分に乗れそうな立派なつくりだ。そばにはレイラニの両親と弟が立っているのが見えた。

ぼくが河口に向かおうとすると、ハオレの兵隊がうしろをついてきた。

「どこに行くんだ。島を出るには許可がいるんだぞ」

兵隊がぼくの肩《かた》をつかむ。

レイラニはそれを見て、平気な顔で近寄ってくる。

「あ、私たちいっしょに、島に戻るのよ。おとうさんが許可もらってるわ、さっきたしかめたでしょ」

「こいつも？」

「そう。家族。家族は連れていっていいはずよ」

レイラニはなにげない様子で、あっさり答えた。

ハオレもそうだが、ハワイ人も親のない子を養子にしたりする。

兵隊は、レイラニとぼくの顔を交互《こうご》に見ながら、どうするか決めかねているようだった。

もし、身分証明証を見せろと言われたらどうしよう。戦争がはじまってから、ハワイでは全員が、身分証明証を常に持っていなければならなくなった。

ポケットにはいっているけれど、見せればレイラニのうそがばれてしまう。

よし、そのときは忘れたと答えよう、ぼくは腹をくくった。

だが兵隊は、ぼくが背負っているリュックを指さした。

「開けて見せろ。カメラとか、銃とか、持ってないだろうな」

同時に、兵隊の長い銃がカチャッと鳴り、銃口が、ぼくに向けられた。

安全装置が外されたのだ。

この人が引き金をひいたら、即座《そくざ》に撃たれてしまうということだ。

ぼくは、どきどきしながら、砂浜にひざをついて、リュックを開いた。

中には、ねえちゃんが手土産《てみやげ》に持たせてくれた店のチョコレートと、着がえしかはいっていない。

でも、手がふるえる。

兵隊はリュックの中をちらりとのぞきこんでから、銃をひっこめて言った。

「よし、行け」

カヌーの三角帆は風を受け、かなりの速さで、すべるように海の上を進んだ。

いかにも遠くにあるように感じられていたおわん島が、みるみる大きくなって、こちらに迫《せま》ってくる。

島をとりまく断崖《だんがい》のあいだに、広くはないが、緑の平地が見えた。木枠《きわく》の骨組みの上を乾《かわ》いた草で覆《おお》った家が何軒《なんけん》か建っている。ワイカフリあたりでは、数十年前にすっかりなくなってしまったような、伝統的なハワイ人の家だ。

湾内《わんない》にはぼくらが乗ってきたような帆つきのカヌーが何艘《なんそう》も出ていて、上半身裸《はだか》で半ズボン姿の日に焼けた男たちが、網《あみ》を広げて魚を獲《と》っていた。

こちらのカヌーを見て、遠くから声をかけてくる。

レイラニのおとうさんは、それに応えながら、あいだを縫《ぬ》うように帆をあやつった。浜辺に着くと、カヌーをおりて、みんなで綱《つな》をひっぱって砂の上にひきあげる。ぼくも手伝った。

レイラニのおじいさんとおばあさんは、海から見えた草葺《くさぶ》きの家のいちばん端の一軒に住んでいた。レイラニの一家が来るのを待ちに待っていたというように、飛びだしてきて、お互《たが》いに抱《だ》きあった。

ハワイ語はわからないが、ぼくがいっしょに来たことも、すごく歓迎《かんげい》してくれているのがわかる。おばあさんや、親戚の人たちがにこにこ笑って、順番に肩をたたいてくれて、次々に葉っぱや花のレイを首にかけてくれた。多すぎて、首が重たいぐらいだ。

家にはいると、中にはただ四角い部屋がひとつあるだけで、家具はなく、その代わり、柱に籠《かご》やものを縄《なわ》でくくりつけて、ぶらさげてある。窓がないので薄暗《うすぐら》い。

おじいさんたちにあいさつをすませると、レイラニの弟はさっそく同じぐらいの年の子たちと、どこかに遊びにいってしまった。

レイラニが外に行こうとさそうので、いっしょに家を出た。

ふたりで浜辺を散歩しているうちに、日がかたむいてきたので戻ると、空き地のまん中には、赤々とたき火が焚《た》かれていた。

そのまわりに、みんなが集まって、地面に座る。

そこへ、数珠《じゅず》つなぎにした魚をさげた男の人たちが、つぎつぎとやってきた。

みんな漁師で、魚がたくさん獲れれば、ヒロの水産市場に持っていって売っているんだと、レイラニが教えてくれた。

女の人たちも、めいめいに食べものを持ちよって、宴会《えんかい》がはじまった。

レイラニ一家が帰ってくるのは久しぶりのようで、ハワイ語で楽しそうに話がはずんでいる。

レイラニのおかあさんが、持ってきたシャツやズボンやお菓子《かし》なんかを、みんなに配っている。クリスマスプレゼントをわたすための訪問だったんだな、と気づいた。

親戚の中には、英語を話せる人も何人かいた。

そのうち、レイラニの大おじさんが、ぼくに話しかけてきた。

「そういえば、うちのとなりの家に、きみと同じような顔つきをした男がいるんだがね、英語がまったくしゃべれなくて、家の人が困ってる。よかったら、明日、来てくれないか？」

え？　ぼくと同じような顔つきの男？

日系人ってことだろうか？

英語がまったくしゃべれない？　ということは、一世？

でもハワイに長く暮らしている人なら、じいちゃんのようにたとえ単語を並べるだけだとしても、生活に必要なことはなんとか伝えられる。

おかしいなと思ったが、ぼくは、行きますと答えた。

次の日。

ぼくはレイラニといっしょに、大おじさんに連れられて、その家に向かった。

島の反対側の海岸にあるという。

崖と崖のあいだの川を、岩をわたるようにしてさかのぼってゆくと、視界がふっと開け、緑の湿地《しっち》に出た。

そこは広いタロイモ畑だった。

傘《かさ》にでもできそうな大きなハート型の葉が、澄《す》んだ水の上から顔を出している。

そのタロイモ畑のまん中のあぜ道をたどった。

こんどは、森のあいだの狭《せま》い谷を下っていくと、湾が見えてきた。狭い平地に、肩を寄せあうように、草葺きの家が並んでいる。

レイラニの大おじさんは、そのうちの一軒を指さした。

入り口から中をのぞくと、葉っぱで作った腰《こし》みのだけを身につけたほとんど裸の男がひとり、なにをするでもなくぼおっと座っていた。

その家のおじいさんはハワイ語しかできないようで、かわりに息子《むすこ》だという人が、ぼくに説明してくれた。

「十日ほど前、木ぎれにつかまって、裸でこの湾に流れついたんだ。死にかけていたがもちなおして、ここ二、三日で、やっと歩けるようになった。だが、どこから来たのか、この先、どうしたいのか、さっぱりわからない。ひょっとしたら、きみたちといっしょに連れて帰ってもらったほうがいいかもしれない」

素性《すじょう》の知れない人をずっと家に泊めて世話するなんて、ずいぶんいい人たちなんだな、と、ぼくが思った瞬間、男が顔をあげてこちらを見た。

暗い家の中で、目が、きらっと光った。

男はすくっと立ちあがると、ぼくに近づき、肩をつかんだ。

この前まで死にそうだったとは思えないほど、強い力だった。

「きみ、日本人ですか。日本語しゃべれますか」

男は言った。

「日本人っていうか……二世ですが」

ぼくがとまどいながら答えると、男はぼくの腕を、家の外に向かってひっぱった。

「どこか、だれもいないところで話したい。いっしょに来てください」

その話し方は歯切れがよくて、徳三を思いださせた。

胸《むな》さわぎがするところも、なぜか似ていた。


レイラニの心配そうな視線に気がついて、だいじょうぶと言ってから、ぼくは男とふたりだけで海辺に向かった。

こっち側からは、ハワイ島は見えない。

波の荒《あら》い太平洋が、どこまでもどこまでも青く続いていた。

ぼくらは、海岸の岩に並んで腰かけた。

男はぼくのほうを向くと、口を開いた。

「きみは、中学生ですか？」

やっぱりだ。

この人は日本人だ。まちがいない。

かあさんが、ぼくの年なら日本では、中学二年生だと言っていた。

「まあ……年でいえば、中学生だけど……」

ぼくはもごもご言って、ききかえした。

「あなたは、日本人なんですか？」

男は答えず、ぼくから目をそらして、海のほうを向いた。

「あのねきみ、このあたりで一番近い大きな島は、オアフ島なの？」

「ハワイ島です」

「……ずいぶん流されてきたんだな」

男はそうつぶやくと、しばらく考えていた。

「きみ、着がえを持っていますか。もし持っていたら、申しわけないが、ゆずってくれないか」

「どうするんですか？」

「いや……いつまでも裸なのはね、恥ずかしいから」

男は、下を向いて、ごまかすように言った。

沈黙《ちんもく》が流れた。

ぼくはきいた。

「あの人たちは、あなたがどこから来たのか、この先どうしたいのかと言っています」

男は下を向いたままだ。

「乗っていた船が難破しちゃったんですか？　この前の爆撃《ばくげき》で？」

ぼくはしゃべりながら、はっと気がついた。

そんなはずはない。

爆撃されたのは、軍の施設《しせつ》だ。ほかにホノルル市内で民間人が死傷したと、ラジオで報じていたが、民間の船が沈没《ちんぼつ》したとは言わなかった。

いや、漁船が被害《ひがい》を受けたとは、報じていたかもしれない。でもそれは、地元の漁師の船のことだろう。客船じゃない。

まさか。

ひょっとしてこの人は、日本軍の戦闘機《せんとうき》乗りではないのか。

この前の爆撃に参加した。

そして撃墜《げきつい》されて、不時着し、海を漂ってきたのではないのか。

きっとそうだ。

だったら、どうしたらいい。

どうすればいい。

警察に報せるべきだ。いや、きのう海岸にいた兵隊にでもいい。

ぼくはアメリカ市民なんだから、そうすべきだ。

ぼくは男のひげだらけの横顔を見た。

目の細さと、ちょっと反りかえった鼻の丸みが、ハジメさんに似ていた。

背はハジメさんより低いが、たぶん同じぐらいの年なんだろう。

肋骨《ろっこつ》が見えるぐらいやせた体は、日に焼けてまっ黒だった。

きっと、海の上を十日ほど漂流して、命からがら、この島にたどり着いたのだ。

ふと思った。あのときかあさんのさそいを断っていなかったら、ぼくは今、日本で暮らしていただろう。アメリカと日本、どちらの側にいるかといえば、ぼくもこの人と同じ日本側だったはずだ。

「ここからハワイ島までは、どのぐらいの距離かな。泳いでわたれる?」

男はぽつりと言った。

「あ、無理だと思います。ぼくらは帆つきのカヌーで来たから」

「泳ぎなら得意だ。一日ぐらいは泳いでいられる」

男は、まるで自分に言いきかせているようだった。

「でも、海岸には兵隊がいて、有刺鉄線が張られていますよ」

ぼくが言うと、男ははっとしたような表情で、ぼくを見た。

わかったのか、というような顔だ。

ぼくは確信した。

さっきまでは、自分の推測に、いまひとつ自信がなかった。

でもまちがいない。この人は、日本の兵隊だ。

どうする？

気づかれたから、ぼくを殺す？

今、この瞬間、ぼくに飛びかかって、首を絞《し》める？

だが男は動かなかった。両手で足をかかえ、ひざにあごをつけたまま、海を見ていた。

「どうしたら、いいんだろうねえ」

長い沈黙の後、男はぽつりとつぶやいた。

「ぼくらといっしょに、カヌーで戻ります？」

思いがけずそんな言葉が、口をついて出た。

でも、そうなれば……と、一方で、冷静に考えようとする自分もいた。海岸の兵隊はなんとかごまかせたとしても、うちに連れて帰ることはできない。もちろん、レイラニの家でかくまってもらうわけにもいかない。

そんなことをしたら、ぼくだけでなく、じいちゃんだって、レイラニのおとうさんやおかあさんだって、大変なことになる。

この人は敵だ。

かくまったりしたら、こっちがスパイとしてつかまる。おわん島の人たちも同じだ。戦争というのは、つまり、そういうことなんだ。

考えを進めるにしたがって、ことの重大さが身にしみてきて、全身が小刻みに震《ふる》えはじめたが、ぼくは歯をくいしばって、そんな様子は見せないようにした。

男は、そんなぼくの顔をちらっと見た。

「きみは二世だと言ったね。生きて虜囚《りょしゅう》の辱《はずかし》めを受けず、ってきいたことあるかい？」

ぼくは首を横にふった。

きいたことはなかったが、意味はなんとなくわかった。

でもわからないふりをしたい自分がいる。

ぼくの目が男の目と合った。

ぼくはびくっとした。

暗くさびしい目だ。

男の目は、遠くを見すえていた。ぼくに向けられていたが、ぼくを見てはいなかった。

まるで、ちがう世界を見ているようだった。

「着がえ、すぐ、持ってきます。ぼくのほうが背が低いけれど、半ズボンだからだいじょうぶです。靴《くつ》はなくていいんです。だれも履《は》いてないから」

ぼくは早口でそれだけ言うと、立ちあがった。

それから、レイラニの手をひいて、谷を登り、タロイモ畑を突《つ》っきって、レイラニのおじいさんの家に走って帰った。

そしてリュックの中の着がえをつかむと、今度はひとりでひきかえした。

走りながら、だましているんだ、と思った。

ぼくはあの人を警察にひきわたすつもりでいる。あのラジオみたいに。

ところが戻ってみると、岩の上にはだれもいなかった。

家にも、男の姿はなかった。

レイラニの大おじさんたちがあちこちさがしたが、見つからなかった。
次の日、ぼくらがカヌーに乗りこむ時間になっても、男はあらわれない。
「どこに行っちゃったんだろうな。きみになにか言ってなかったかい？」
レイラニの大おじさんがきいた。
ぼくはただ、首を横にふった。
これから先、あの人のことは絶対口にしてはいけない。
ぼくは、いっさい、なにも、知らないことにしないといけない。
帆つきのカヌーは、おわん島からどんどん遠ざかっていく。
ふりかえると、波が島の岩壁にあたって白く砕《くだ》け散っていた。
生きて虜囚の辱めを受けず、という男の言葉が、ぼくの頭の中をかけめぐった。
捕《つか》まるぐらいなら死ね、ということだ。

FBI

一九四二年五月

それからしばらくは、いなくなった男の人のことが頭からはなれなかった。泳いでハワイ島に向かったのだろうか。

しかし、いくら泳ぎが達者といっても、あの距離と波の高さでは、どう考えても無茶な話だ。それに、もし本当に助かるつもりなら、ぼくの服を受けとってから、おわん島の漁師のカヌーを盗《ぬす》むほうが現実的だろう。

ぼくが警察に連れていこうと思っていたことが、わかったのだろうか。もし、ぼくがそう考えなかったら、あの人は別の選択《せんたく》をしていただろうか。

せめてどこかの浜にあがって、兵隊に撃《う》たれずに、生きて捕《つか》まってくれていたらいいのにと思った。

じいちゃんは、いくら放送は英語だけとはいえ、ニュースがいっさいはいってこないのは困るからと、中古の小さいラジオを買ってきた。今度は短波のはいらないやつだ。

公立学校も一日四時間だけだが、再開した。ただし、国防工事の仕事をしている十六歳《さい》以上の生徒は、欠席でも卒業を認めるからそのまま仕事を続けてもいい、ということだった。そんなわけで、ハイスクールのクラスをのぞくと、出席していたのは三分の二ぐらいだった。

お酒の販売《はんばい》も、そろそろできるようになりそうだった。じいちゃんが心配していた仕入れ先は、たしかにちょっと減ったけど、なんとか商売は続けられそうだ。

『ヒロ新報』もまた仕入れられるようになった。廃刊《はいかん》ではなく、休刊していたらしい。

復刊初日、紙面の目立つところに、ハワイ耕主組合、つまり製糖会社の団体が出した広告が、大きく載《の》っていた。外国人であっても、職務に忠実である限り、ひとり残らず継続《けいぞく》雇用《こよう》すると書いてあった。日系の耕地労働者に向けて、解雇することはないから安心しなさい、と報せているのだ。日系人の数があまりに多いから、いなくなっては会社が回っていかないということだ。

「復刊したところで、知りたいことはさっぱり書いとらん」

じいちゃんは舌打ちして、新聞を放りなげた。

「検閲《けんえつ》されているんだそうだ。読んだおれたちが記事にあおられて、スパイ行為《こうい》を働くんじゃないかと、心配してるんだろう。だれが、そんなことをする。今さらなんの得があある。おれたちはここに住んでるんだ。ハオレもおれたちも一蓮托生《いちれんたくしょう》じゃ」

じいちゃんは怒っていた。

たしかに新聞は、休刊前にくらべて、ずいぶん薄《うす》くなっていた。

南シナ海のマレー沖《おき》でも、日本軍はここと同じように艦隊《かんたい》に爆撃《ばくげき》をしたらしく、紙面には大きな字でマレー、マレーと書かれていた。ぼくは、それがどうしようもなくいやだった。だいたい希典《まれすけ》という名前が嫌いで、みんなにマレと呼ばせているのに、いったいどこまで追いかけてくるつもりなんだ。

じいちゃんがいつひっこめたのか、店の壁《かべ》にはもう、天皇陛下の写真はなかった。

日本語学校は、閉鎖《へいさ》になった。

理由は新聞の検閲と同じだ。日本の言い分が正しいと生徒に教えこみ、日本軍が攻《せ》めてきたときに、国の内側からそれを助けて、日本に有利になるような破壊《はかい》行為や、ストライキなんかを起こさせるかもしれないというのだ。

じいちゃんじゃないが、だれもそんなことはしない。

でも、日系人が日本軍に信号を送っているとか、飲み水に毒をいれたとか、攻撃目標を示す印をさとうきび畑に掲《かか》げている、なんていううわさが、まことしやかに流れていた。

日本語学校の校舎も道場も、今は、本土から来た兵隊が使っていて、ジープが勢いよく出入りしている。校長先生の家だけは、元のままのようだった。とはいえ、校長先生夫妻は、月謝で生活していたはずだ。これから先、どうやっていくんだろうと、自分は日本語学校をやめたくせに、妙《みょう》に心配になった。今さら日本に帰ることはできない。日本行きの船は、もう出ない。

そんな矢先のことだ。

なんの前ぶれもなく、店にハオレの男がひとり、はいってきた。

男は、上下そろいのグレーの背広を着ていた。それだけでも、このあたりではかしこまっていて、かなりめずらしい。さらにそのうしろには、銃《じゅう》をかまえた兵隊がふたり、ぴったりついてきていた。

「タスケ・コニシさんいらっしゃいますか?」

ハオレはじいちゃんに向かって言った。

「はい、私ですが」

じいちゃんは英語で答え、カウンターから出てきた。

「FBIです」

ハオレは、内ポケットから、鷲《わし》の紋章《もんしょう》をかたどった金色のバッジのようなものを出して見せた。ぼくもにいちゃんも、いあわせたお客さんも、びっくりして動けない。

「ちょっといっしょに来ていただけますか？　なお、この件については令状を示す必要はないのです。ご理解ください」

言葉はていねいだが、有無《うむ》を言わせない口ぶりだ。

じいちゃんはあっさりうなずくと、外に出て、ハオレにうながされるまま、表にとまっていたジープに乗りこんだ。

そしていなくなってしまった。

あっけなかった。

目の前で起きたことが、すぐには理解できない。

「ヒロキくん、なにかしたほうがいいんじゃないのか？」

お客さんが言った。

「なにかって？」

「わかんないが、弁護士に相談するとか？」

にいちゃんは返事をせずに、ぽかんと口を開けたまま、ドアのほうを見ていた。

そんなことを言われたって、弁護士がどこにいるのか知らないし、もしいたとしてもうちには頼む金がない。

ＦＢＩは、ハワイ州の警察ではなく、合衆国連邦《れんぽう》の警察だ。

ふつうの事件にはかかわらない。かかわるのは州を超《こ》えた犯罪や、国防に関することだ。このところ、本土から来たＦＢＩがハワイ中をうろうろしているといううわさはきいていた。

スパイをつかまえるため……。

ぼくの頭に、あの男の人の姿が浮かんだ。

まさか。

あの人がつかまって、ぼくのことをしゃべったから、じいちゃんが連れていかれた？

そんなはずはない。

ぼくはあのとき、自分の名前を言っていない。

じゃあもしかして、おわん島のだれかか、レイラニの家族がつかまった？

レイラニの家に行こうとあわててドアに向かいかけたが、それより早くにいちゃんが、ドアを開けた。カウベルがからんからんと大きな音をたてた。

「マレ、店番頼む」

にいちゃんはそれだけ言うと、自転車で走りさった。


にいちゃんが戻ってきたのは、ちょうど店の営業が終わって、ねえちゃんも郵便局から帰ってきたころだった。

「大山さんも、校長先生も、今日、連れていかれたらしい。行き先はホノルルの移民局だろうって」

にいちゃんはくたびれた顔で居間に座りこむと、ねえちゃんの差しだしたコーラをラッパ飲みした。

「え？　みんないっしょに？」

「どうやら、日本語学校の関係者が多いらしい」

あの男の人やおわん島やレイラニとは関係なかった。ぼくはこっそり息をついた。

とはいえ、決して安心できるわけではない。

じいちゃんは、いったいどうなるんだ。

「ホノルルなんて遠いじゃないの。それに、移民局に連れていって、どうするの？　いつ、帰してもらえるの？」

ねえちゃんが、心配そうに眉《まゆ》を寄せた。

「わからない、まったく。じいちゃんの友達も、気がもめるけど、どうにもしようがないだろうって」

にいちゃんは、くやしそうに言った。

「そうそう、本土では、日系人、つまり敵国人とその家族が、次々と隔離《かくり》されているらしいよ」

「隔離って？」

「鉄条網《てつじょうもう》で囲った収容所に集めて住まわせるんだって。それも、砂漠《さばく》のまん中みたいな人里離れた場所に」

「日系人全員？」

ねえちゃんが、悲鳴のような声をあげた。

「そう、全員だって。小さい子からお年寄りまで、全員」

「仕事あっても?」

「そう、仕事あっても」

「店があっても?」

「そう、家族にひとりでも敵国人がいたら全員。だから店も農場も家も家具も、みんな安い値段でたたき売るしかないんだって」

ううっと、ぼくもねえちゃんも、だまりこんだ。

いちばん怖《おそ》れていることをきけない。

じいちゃんは、そしてうちの店は、どうなるんだ。

しばらくして、にいちゃんのほうが口を開いた。

「でも、ハワイは人口の四割が日系人だから、そこまで強引なことはしないだろうって、みんな言ってた。ハワイの農業も漁業も商業もとまってしまうからって。だから、特別、日本に味方しそうな人だけ、つかまえて隔離することになるんじゃないのかって」

特別日本に味方しそうな……。

たしかに、大山のじいさんは、さとうきび畑に火をつけるってあちこちで言っていた。

校長先生は、大和魂《やまとだましい》はアメリカに勝つと言いはっていた。

でもじいちゃんはなにも言っていない。むしろ校長先生とけんかしたぐらいだ。それに大山のじいさんだって、しょせん口先だけで、開戦になってからは、なにをしたわけでもない。

校長先生も同じだ。たしかに日本から来たばかりで、その意見にぼくはとうてい納得《なっとく》できなかった。それでも先生は、自分の信じていることを口にしただけで、生徒にスパイ活動をさせようとしていたわけじゃなかった。

どん、とにいちゃんがちゃぶ台をこぶしでたたいた。

コーラの瓶《びん》が倒《たお》れて、茶色い泡《あわ》が床《ゆか》に流れた。

「おれたちを疑うなよ」

ねえちゃんが、うん、とうなずいて、瓶を拾い、ぞうきんで泡を拭《ふ》いた。

「そうよ、私たちがなにをしたっていうのよ。国防国債《こくさい》も買ったし、ラジオも提出したわ。国歌も歌うし、灯火管制も、夜間外出禁止も守ってる。これ以上、なにが足りないっていうの?」

あのパールハーバーの日、じいちゃんが言っていた言葉を、ぼくはぼんやり思いだした。

――おれたちがなにをしたっていうんだ。さとうきび畑で、まじめに働いてきたじゃないか。日本の親に仕送りをしたじゃないか。故郷の小学校にピアノがいるって言われりゃ、なけなしの金を集めて送ったじゃないか。

同じだ。

まったく同じだ。

日本もアメリカも。

ぼくらがなにをしたというのだ。

「で、じいちゃんはどうなるの？」

ぼくは、お腹《なか》に力をいれてきいた。

「わからない。ひょっとしたらこのまま、本土の収容所に連れていかれるかもしれない」

「それって、砂漠の中なんでしょ。夏は暑くて、冬は寒いわよね」

ふうっと、にいちゃんが長いため息をついた。

じいちゃんが心配だ。

頭の中でじいちゃんの声が響《ひび》く。

――しかたがないものはしかたがない。

だけど、ぼくにはとうていそうは思えなかった。

次の日の朝、急いでレイラニの家に向かった。

レイラニの家では、なにも変わったことはなかったようで、ほっとした。

ただし、この日からぼくも公立学校を休むことに決めた。店をにいちゃんひとりにまかせるわけにはいかない。

学校に行って、ミス・グリーンにそのことを伝えると、ミス・グリーンはひどく腹を立てた。

「ひどい話だわ。どうして、マレのおじいさんがつかまるの？　それも令状なしに？　何人《なんぴと》も令状なしには逮捕《たいほ》されないって、憲法に書いてあるでしょ。なにを考え、なにを言ったか、それだけでは罪にはならないっていうことも、ちゃんと書いてあるのよ。アメリカはいつからそんな国になったの？　いったいどうしてこうなってしまったの？」

それは、戦争になったからだ。

戦争状態では、ふだんやってはいけないことも許されるし、それまでやってよかったこともできなくなる。海岸の有刺《ゆうし》鉄線や、灯火管制と同じだ。

「私はあなたたちにアメリカはすばらしい国だって、教えてきたわ。私は、あなたたちにうそを教えていたの？　恥《は》ずかしいわ」

だいじょうぶです、きっとじいちゃんは帰ってくるから。ぼくは小さな声で答えた。なんの確証もないけれど、ミス・グリーンのせいじゃないことはたしかだ。

「必ず学校に戻ってきてね、マレ」

ミス・グリーンはぼくの手を取った。名前はグリーンだけど、ブルーの目がぼくを見つめた。

「私はあなたに、ハイスクールに進んで、本土の大学に行ったらって、勧《すす》めようと思ってたの」

「え？」

じいちゃんと同じことを言う。

「ぼくなんて、そんなに勉強ができるわけじゃないし……」

「でも、人をよく見て、よく考えてるわ。自分の立場だけではなく、いろんな人の考えもわかる。私は、マレは文章を書く人になったらいいと思うのよ。新聞記事でも、文学でも、なんでもいいけれど。もちろん、興味があればだけれどね」

「いや、ぼくにはそんな才能は……」

「でも、マレの作文はおもしろいわ。もちろん、文法も同じぐらいおもしろいけど」

ミス・グリーンはハオレ式の皮肉まじりのジョークを言った。こういうとき、ハオレはにこりともしない。それでも、ただの冗談《じょうだん》だ。

「もの書きになるにはハンデがある。だから、一度は本土の大学に行ってみるといいと思ったの。マレも知ってるでしょう。ハワイでふだん使われている英語は、まちがっているところがいっぱいある。私、いつも赤ペンで直してるわよね」

その通りだった。

水がウォーターじゃなくてワラだったじいちゃんの時代に比べれば、ぼくらの英語はずいぶんまともだし、相手の話す内容もわかる。もちろん日本語もしゃべれるけど、使いやすいのは断然、英語のほうだ。でも、ハワイの英語は、ハワイ人の言葉や、そのほかの国の言葉や文法の交じった特別な英語だ。しゃべるだけならともかく、書き言葉となると、どうしても、くせが目立ってしまう。

それなのに、どうしてミス・グリーンはぼくに文章を書く人になれ、なんて言うんだろう。

「たくさん本を読みなさい。そうすれば、だんだん正しい英語のほうから、あなたの考えを迎《むか》えにきてくれるようになる。休んでいても、いつでも本を貸してあげるから、ここにいらっしゃい」

ミス・グリーンは、ぼくの手を離した。

「今は、本土に行くことも、大学にはいることも、考えられないかもしれないけれど、でもいつか戦争は終わるわ。そのときのために、しっかり勉強しておきなさい。きっと役に立つ日が来るから」

日本語学校のことが頭をよぎった。あそこでぼくらが勉強したことが、いったいなんの役に立ったというんだ。疑われるため？

ミス・グリーンは元気だしなさいとでもいうように、ぼくの肩《かた》をたたいた。

「マレ。ノーレイン、ノーレインボウよ」

雨が降らなければ、虹《にじ》だって出ない。どんなことにも値打ちがあるという意味だ。だけど、そもそもはハワイ語のことわざで、そのうち虹だって出るさ、ほらほら気にするな、きっとなんとかなるぜ、みたいな楽天的な雰囲気《ふんいき》の言葉でもある。

それを、なんでもきっちりと計画的に進めるのが好きなミス・グリーンが口にしたのは、すごく意外だった。

だけど、どっちの意味だとしても、戦争に値打ちがあるなんて思えないし、戦争のような重大なことを気にしないでいるなんて、できっこない。ぼくはそう考えながら、学校をあとにした。


じいちゃんはもう船でホノルルの移民局に送られてしまったのだろうか。それともまだヒロあたりに留められているのだろうか。それすらわからない。店に来たお客さんたちが、口々にどうなったの、心配だね、がんばってね、と声をかけてくれた。

じいちゃんのいない店は大変だった。ぼくもいつになくまじめに品出しをしたり、配達をしたりした。

店を閉めて、売りあげを計算するにいちゃんの横顔は、別人のようにひきしまって見える。店主の顔だ。

日曜日、ねえちゃんがきれいなワンピースを着て出かけていったので、ぼくとにいちゃんは顔を見あわせた。

ジャックだ。

「まだつきあってたんだ」

ぼくが言うと、にいちゃんはうなずいた。

バー・マハロの前でジャックに会ったのは、去年の七月だった。

今にして思えば、まるで、別世界での出来事のようだ。

あのころのぼくらは、ふわふわ生きていたし、ぴかぴかと輝いていた。


その日、昼過ぎに、美代子さんが訪ねてきた。

美代子さんは、耕地会社の社宅に住んでいるかあさんのむかしからの友達だ。かあさんとは同郷で、同じように写真だけの見合いをして、同じ船でハワイにやってきた。

かあさんが家を出てからは、あまり店には顔を見せなくなったけれど、じいちゃんが連れていかれたときいて、わざわざ様子をみにきてくれたのだ。

「ヒロキくん大変ね」

美代子さんは、にいちゃんにそう言ってから、風呂敷《ふろしき》に包んだ重箱をぼくにわたした。

「マレちゃん、お皿に移して、お重箱だけ返して」

重箱の中には、かあさんがいたころの正月みたいに、にんじん、ごぼう、大根、いんげん、昆布《こんぶ》のお煮染《にし》めと、海苔《のり》を巻いたおにぎり、ハワイの魚マヒマヒの照り焼きがはいっていた。

ちょっと涙がにじんだ。

皿に移すと、流しで重箱を洗った。

外側は模様のないまっ黒な漆塗《うるしぬ》りで、内側が朱塗《しゅぬ》りの重箱だ。たぶん美代子さんがお嫁《よめ》に来るときに、持ってきたものだろう。うちにも同じようなのがある。かあさんが残していったものだ。かあさんはいつも、塗りがはげるから、重箱は洗ったらすぐに拭《ふ》きなさい、とうるさかったっけ。

乾《かわ》いたふきんでしっかりと水気を取って、元通り風呂敷に包んで、居間に戻る。

美代子さんは、居間に座って、にいちゃんの話をきいていた。

「それでも、このうえヒロキくんが応募《おうぼ》しちゃったら、この店はマレちゃんだけでは続けていけないでしょ」

美代子さんは、にいちゃんを諭《さと》すように言っていた。

「うちのコータも十八歳になったから応募したいって言ってるけれど、日系はだめらしいのよ。だんながきいてきたところでは、どうも、戦争前に入隊していた人たちも、日系だ

け は家に帰されたか、配置がえになったそうよ」

「敵と通じるかもしれないから、ってこと？　そんな、ひどいよ」

にいちゃんは気色ばんで言った。

軍隊の話だ、とすぐに気づいた。

志願だ。

十八歳になればできる。

にいちゃんが友達と集まっては、こそこそ話していたのはこのことだったんだ。

「でも、そうなの。裏切ったりなんてしないのにね。ひどい話だけど、しかたがない」

美代子さんは、じいちゃんと同じしかたがないという言葉を使った。

「おばさん、コータくんのおじさんは、どう言ってるの？　反対してない？」

にいちゃんがきいた。

「あ、うちはね、もし日系に志願が許されたら、行ってがんばってこいって。ハオレの連中に、大和魂《やまとだましい》をがつんと見せてやれって」

美代子さんは、豪快《ごうかい》に笑った。

「そりゃ親だもの、心配よ。でも、くやしいじゃないの。あたしたちがなにをしたっていううのよ。まじめに一生懸命《いっしょうけんめい》働いてきたのに、まるで劣等《れっとう》な市民みたいに。ちがう、市民じゃないわ、はなから敵扱い。なにもしてないっていうのに。コータはアメリカ市民よ。市民権があるのよ、そうでしょ？」

にいちゃんはうんうんとうなずいた。

日本との戦争に志願するというのに、大和魂を見せてやれというのは、理屈《りくつ》に合わないかもしれない。だけど美代子さんの言うことは、ぼくも納得できた。

日本と戦うことと、大和魂とは、次元のちがう話だ。

校長先生が前に言っていた、大和民族は負けない、という話ともちがう。

アメリカ人だけど、ぼくらはぼくら、そういう意味だ。

「うちのじいちゃんは、反対するだろうなあ。店の跡《あと》つぎだし……」

にいちゃんはそう言うと、ぼくのほうを見た。

「マレ、じいちゃんが帰ってきても、この話はないしょだよ」

にいちゃんがぼくに釘《くぎ》を刺《さ》したちょうどそのとき、店のカウベルがからんからんと鳴った。

「じいちゃん？」

ぼくらは、店に飛びだしたが、はいってきたのはねえちゃんだった。

ぱっと見ただけで、ねえちゃんが泣いているのがわかった。

ぼくとにいちゃんは、思わず顔を見あわせた。

ジャックだ。

いつもより帰りが早いし、きっとなにかあったんだ。

「あ、美代子さん、いらっしゃい」

ねえちゃんは美代子さんに気づいてあいさつすると、ばつが悪そうに、手で涙をぬぐった。

「みさをちゃん、ひさしぶりね。おかあさんそっくりの美人になって」

美代子さんはほめた。おせじかもしれないが、ねえちゃんがかあさんに似ているのはたしかだ。

「いやね、ほんと好恵《よしえ》ちゃんが若いときは美人で、おしゃれで。写真のお見合いだって、一番に決まったものね」

美代子さんは、この場の雰囲気が変なことを察したのか、ひとりでしゃべりはじめた。

「うちの村に、仲人《なこうど》する人が来てね、あちこちまわって言うわけよ。ハワイに行けば、そりゃもう、すぐお金が貯《た》まるよって。あたしたち、勇んで来たわよ。ヒロの港からはみたこともないような立派な自動車に乗ってね。きれいな洋風のお屋敷《やしき》が丘《おか》の上にあるじゃないの。そっちに行くのかなって期待していたら、どんどんヒロの町は通りすぎてね」

美代子さんは豪快に笑う。

「そうしたら、いつの間にかあたりはさとうきび畑以外、なにもなくなってね。板壁《いたかべ》とトタン屋根の社宅がずらっと並んでいるのがみえると、ここに住むんだよって。そうか、耕地労働者と結婚《けっこん》するんだったなと思ったわよ。わかってたけどね、ちょっと夢みたの。それでも、電気は通っているし、窓にはガラスがはいってて中は明るいし。貧乏《びんぼう》で薄暗《うすぐら》い故郷の家よりは、ずっとましだってわかってた。だんなも悪い人じゃないしね。でも、好恵ちゃんのところはほら、すぐに社宅を出て、このお店をはじめたでしょ。あたし、うらやましかったわよ。やっぱ美人はいいわって」

それでもかあさんは家を出ていったんだ、とぼくは思った。かあさんは今ごろどうしているだろう。あの徳三とお屋敷に住んでいるんだろうか。つまり、かあさんはとうとう望みをかなえたわけだ、とぼくは考えてから、それは意地悪すぎかなと、反省した。

「おばさん」

ねえちゃんが、口を開いた。

「私、つきあってた人と別れたの。敵国人の家族とは結婚できないって。軍務に差しさわるからって。いつか裏切るんじゃないかと仲間に疑われるのは、いやだからって」

「あらまあ」

美代子さんは、いきなりのねえちゃんの告白に、ちょっとびっくりしたようだが、ねえちゃんに近寄って、背中をさすった。

「どうせ、ハオレでしょ？　そんなこと言うの」

ねえちゃんはこくり、とうなずいた。

「やっぱり、日本人の血の流れる人がいいわよ。まじめで人柄《ひとがら》のいい日系人の男と結婚するのがなんといっても一番。みさをちゃんは美人だから、いくらでも相手がみつかるわよ。だいじょうぶ」


その晩、ぼくは布団《ふとん》の中で眠《ねむ》れずにいた。

にいちゃんのことが、ショックだった。

にいちゃん、戦争に行くのか。

戦うんだ。

ふいに、おわん島でいなくなった男のことが頭に浮かんだ。

あの人もたぶん兵隊だ。

あの人の遠くを見すえるような目を思いだすと、ぼくは震《ふる》える。

死に直面する気持ちでいたにちがいない。

兵隊になれば、家族と離れて、見たこともない場所で、だれにも知られることなく、ひとりぼっちで死ぬこともあるのだ。

靴《くつ》

一九四二年六月

じいちゃんがＦＢＩに連れていかれて一カ月が過ぎた。依然《いぜん》として、じいちゃんのゆくえはわからないままだ。

そんなとき、また店に背広姿のハオレがやってきた。

今回は護衛の兵隊は連れずに、しかもふたり組だ。

じいちゃんのときと同じように、ポケットから金のバッジを出すと、ぼくとにいちゃんに向けた。ＦＢＩだ。

「マレスケ・コニシさんおられますか？」

「え？　ぼ、ぼくですけど……」

「ちょっと、話をきかせてくれませんか？」

にいちゃんの戸惑《とまど》ったような目と、お客さんたちのびっくりした目がぼくを見ていた。

今度はじいちゃんのことではなくて、ぼくのことで？

ひょっとして、おわん島の男の人が生きていた？

そして、ぼくのことをしゃべった？

ぼくはいったいどうなる？

スパイ？

裏切り者？

心臓が、全力で走ったあとのようにどきどきしていた。

「きみは未成年だから、簡単にきくことにするけどね」

ふたりのうち、背の高いほうが、かがんでぼくの顔をのぞきこむような姿勢で、やさしく言った。

「去年の九月のことだけど、きみはロイヤル・ヒロ・ホテルに行ったでしょ？」

え？　ぼくは、ちょっと拍子《ひょうし》ぬけした。

かあさんに連れていかれたときの話だ。

「行っていません」

ぼくは反射的にうそをついた。

あの日のことはじいちゃんにもにいちゃんにも、ねえちゃんにも話していない。しかも、にいちゃんとねえちゃんへの伝言を頼まれたのに断っている。かあさんに会ったとは、今さら言えない。

「そう？」

ハオレは、そんなに意外でもなさそうな顔をした。

そうか、たぶんなんの確証もなく、ぼくにさぐりをいれているだけなんだ。

「トクゾー・クリモトっていう男の車に乗らなかった？　水色のセダン」

「いいえ」

徳三のことをきかれたことに、ぼくは内心おどろいていた。

でも顔には出せない。

徳三は、いったいなにをしたんだろう？

そしてかあさんは？

ふたりとも、日本に帰ったんじゃないのか？

「きみが女の人に呼びとめられて、車に乗ったのを見たって、公立学校の子にきいたけど」

だれかに乗るところを見られていた。

徳三は、会っちゃいけない人だったのか？　日本人だから？　でもあれは開戦前だったのに、どうして？

わからないことだらけだが、それはそれとして、ぼくは素早《すばや》く頭をめぐらした。ぼくを見たというのは、絶対近所の子じゃない。もしそうなら、かあさんのことを知っているはずだ。かあさんのことをその子がしゃべっていれば、こんなまわりくどい質問はされないはずだ。まずはじめに、去年、かあさんに会ったでしょ、ときくだろう。

よし、知らない、で押《お》しとおそう。ぼくは心を決めた。

「ぼくじゃないですよ。見まちがいじゃないですか？」

「うん、そうかもね」

ハオレはにこっと笑った。

「見まちがいだっていうことを、証明するためにも、ちょっといっしょに来てくれない？」

はいと答えるしかなかった。

ぼくは表にとまっていたセダンに乗せられた。

クッションのきいた後部座席に座ると、体がふわりと沈《しず》んだ。

「帰りは送ってあげるからね、心配しなくていいから」

車は走り出した。


ヒロに向かっていることはすぐにわかった。

行き先は、ロイヤル・ヒロ・ホテルだろう。

帰りは送る、と言ったのだから、つかまえるつもりはないのかもしれない。でもそれは、ぼくの希望的な予測にすぎない。

ほんとうのところ、どうなるのかわからない。

じいちゃんはなにもしていないのに連れていかれた。それにくらべて、ぼくは徳三の車に乗っている。

おわん島であの人にも会ってる。

ハオレの隣《となり》で、ぼくは横を向き、窓から海岸線を見ていた。

広い浜辺にはコイルのような有刺《ゆうし》鉄線が続いていた。

そうでないところには、長いベンチを並べて、自警団の人たちが、日本軍が攻《せ》めてこないかと、海の向こうを見はっている。

ヒロ湾《わん》が見えてきた。

湾内には、ネズミ色の海軍の船が、何隻《なんせき》も停泊《ていはく》している。

ロイヤル・ヒロ・ホテルは、外観は一年前と変わらないのに、雰囲気《ふんいき》がずいぶんちがっていた。出入りするのは軍服の人ばかりだ。本土から来た軍人たちの宿泊所《しゅくはく》になっているらしい。

背の高いほうの男が、ぼくをひきつれて回転ドアから中にはいった。

その姿を見て、黒い背広のマネージャーが近づいてくる。

はだしは困ると、かあさんに言った、あの男だ。

「あなたが話していたのは、この子ですか？」

背の高い男は、マネージャーにたずねた。

ぼくはどきりとした。

この男は、ぼくが徳三といるところを見ていないはずだ。それでも、徳三の連れの女といっしょに来た子がいたと告げたのだろう。

もしこの男がぼくのことを覚えていれば、ぼくが徳三の車に乗ったことが、バレてしまう。ぼくがうそをついたことも。

マネージャーは、頭から足先まで、なめるようにぼくをじっくりとながめた。ぼくは今日もはだしだ。

固唾《かたず》をのんで、マネージャーの返事を待った。

「いやあ、よくわかりません。申しわけありませんが、私にはアジア系の子の顔はみんな同じに見えて、区別がつきません。中国人も、日本人もみんな」

マネージャーは、そう答えた。

ぼくがほっとして、肩《かた》の力をぬいたそのとき、マネージャーは、玄関《げんかん》に向かって手招きをした。

「あ、そうだ、きみ。きみならわかるだろ?」

はっとした。

呼ばれてこっちにやってくるのは、あの日、靴《くつ》を貸してくれたベルボーイだ。

あの人が、ぼくのことを覚えていないはずがない。

控《ひか》え室まで連れていってくれたし、実際に言葉も交わしている。いっしょにいたのがぼくのかあさんだということも、日本語の会話をきいてわかっているはずだ。

万事休《ばんじきゅう》すだ。

心臓の鼓動《こどう》が速くなってきた。

ベルボーイは、ぼくの前に立った。

そしてまた同じように、ぼくの頭から足先までを、じっとながめた。

ぼくはどうすることもできず、亀《かめ》みたいに首を縮めて、この子です、という言葉を待った。

「いいえ」

ベルボーイは、短い沈黙《ちんもく》の後、ゆっくり口を開いた。

「ちがいますね。この子じゃないです」

ぼくを連れてきたハオレは、納得した様子でうなずいた。

「そうか、ご協力ありがとう。忙しいのにお手間を取らせました。きみも、わざわざごめんね」

覚えていない？　そんなはずはない。

ぼくを助けてくれたんだ。まちがいない。

帰りの車の中で、ぼくは複雑な気持ちだった。

あのベルボーイが、知りあいでもないぼくを助けてくれたのは、同じ血が流れる、日系だからだ。

それにくらべて、ぼくは、おわん島で日本人を見殺しにしてしまった。

車は、店の前で静かにとまった。

「きみ、今日は、ありがとう」

車を降りると、背の高い背広の男が、またかがみこんで、ていねいに言った。

「あ、それからね、きみの友達でトクゾーの車に乗ったという子がいたら、ぜひ、ここに連絡《れんらく》してください。トクゾーは本当の名前じゃないから、ひょっとしたら別の名前で覚えているかもしれないけどね」

ぼくの手にカードがわたされた。

「あの……その人、なにをしたんですか？」

ぼくはおずおずときいた。

「まあ、あちこち調べてまわって、情報を流していたということだ」

「怖《こわ》い人なんですか？　まだ、この辺にいるんですか？」

ぼくは本当に怖がってるようなふりをして、質問を続けた。

「いや、開戦前に日本に帰ったようだ。ぼくらはただ、彼の協力者がまだハワイにいるかどうか、知りたいだけなんだ。日本軍が上陸する手引きでもされたら困るからね。ちょっとでも気になる話をきいたら、報せてください」


徳三はそういう人だったのだ。

かあさんは、あちこち島を回っていると言っていた。

遊覧飛行もしたし、ホノルルからヒロまで、飛行機に乗ったとも話していた。

つまり調べていたのだ。ハネムーンという名目で。

スパイだ。

かあさんは知っていたのだろうか？

徳三のことは、実業家だと話していたし、結婚したとも言ったけれど、本当だろうか。

それもあやしい気がする。

でもこれで、ぼくはもう、にいちゃんとねえちゃんへの伝言を断ったことを、うしろめたく思わないですむ。もし伝えていたら、そして、にいちゃんとねえちゃんがホテルに行っていたら、スパイの協力者としてきょうだい全員が、つかまっていたかもしれない。

もしかあさんが、徳三の正体を知っていたとすれば、かあさんはアメリカを裏切ったことになる。

同時に、ぼくたちも裏切った。

ぼくらはアメリカ人だ。

かあさんにとっては、そんなこと、もうどうでもいいことなのだろうか？


次の日曜日、朝早く、ぼくはそっと起きだして、布団《ふとん》をたたんだ。

そして自分の机の下から、少しさびた平たいブリキの箱を取りだした。クッキーの空き缶《かん》で、小さいころから小遣《こづか》いをいれている。

あのときわたされた十ドルの残りが、この中にはいっていた。

十ドル札はかあさんのハンドバッグから出たものだけど、どうせ、かあさんの金じゃない。

徳三の金だ。

持っていたくない。

どこかで使ってしまうのが一番だ。

金をポケットにねじこむと、音を立てないように外に出て自転車に乗り、ぼくはヒロに向かった。

つい何日か前、車で通ったばかりの道を、自転車で走る。

ハワイ島は五つの火山でできている島だ。山は高いがすそ野がとても広いから、どこもかしこもだらだら坂になる。

ヒロまでは基本下り坂だが、ところどころにアップダウンがある。勾配《こうばい》はゆるくても、高低差があるから、上りはやっぱりきつい。

でもそのつらい上り坂が、ぼくにはうれしかった。

忘れてしまいたい。

じいちゃんのことや、かあさんのこと、徳三のこと、おわん島にいた人のこと、ねえちゃんとジャックのこと、にいちゃんの志願のこと、そしてぼくの将来のこと。敵だの味方だの、ややこしいこと、なにもかも。

道路脇《わき》の線路を、貨物列車が、通りすぎていく。積み荷は、さとうきび畑で使う除草剤《じょそうざい》のはいった大きなタンクだ。ぼくらはこの列車をポイズン・カーと呼んでる。

機関車の煙突《えんとつ》から出る黒い煙《けむり》が喉《のど》にからんで、ぼくはせきこんだ。

すすけた石炭のにおい。

たぶん顔はまっ黒になっているだろう。

でも今は、むしろ進んで煙を吸いこみたいぐらいの気持ちだ。

ぼくらはこの土地で育った。

さとうきび畑ばかりのこの島で。

それのどこが悪いのか。


ヒロの町は、兵隊でいっぱいだった。

日曜だから、気晴らしに出てきているのだろう。

空き地に、テントを張った露店《ろてん》がたくさん並んでいる。食べもののほかに、コアの木を削《けず》って作った置物や、葉っぱを乾《かわ》かして編んだ帽子《ぼうし》や、サンダルなどが売られていた。

ハオレの兵隊が、一枚のシャツを手に取って、めずらしそうに広げていた。

鶴《つる》に松竹梅の模様。着物をシャツに仕立てなおしたものだ。売っているのは日系人にちがいない。最近、こういう和柄《わがら》のシャツが、アロハシャツという名で売られている。

露店の横の塀《へい》には、ペンキで大きく「JAPS　GO　HOME」と書かれていた。

この落書きと、和柄のシャツを売る日系人、そしてそのシャツを買おうとしている本土から来たハオレの兵隊。これが今のハワイなのだ。

ぼくは自転車を道ばたにとめて、屋台でホットドッグとコーラを買うと、地べたに座って食べた。それから町を歩いた。

映画館の前に、親子連れの人たちが並んでいた。

入り口に掲《かか》げられた看板には耳の大きな子ゾウの絵が描《か》かれていた。

そうだ、前に『ヒロ新報』で見たディズニーの新作アニメーション、『ダンボ』だ。本土で去年の秋に公開されたやつだ。

記事を読んだとき、この映画はハオレのものでもないし、日本のものでもないところがいい、と感じたことを思いだす。

じいちゃんの頭の中は、どれだけ長くハワイで暮らしても日本のままだった。

ぼくはそんなじいちゃんとは、まるきりちがうと思っていた。

ぼくらは公立学校で、ひとりひとりの意見を大切にするように教えられていた。それはハオレの流儀《りゅうぎ》だったけれど、目上の者にはいつでもはいとしか言わせない、じいちゃんたちの態度にくらべたら、十分納得できた。

でも一方で、ぼくらはハオレとちがうと思っていた。ハオレにとっては当然なことでも、ぼくらにとっては当然じゃない場合があることも、ちゃんとわかっていた。就職することとか、マネージャーのような地位に上ることとか。

だからといって、ハオレがうらやましいとか、ハオレになりたいとか、そんなふうに考えたことは一度もなかった。

ぼくらは、れっきとしたアメリカ市民で、外国人のじいちゃんとはそこがちがう。アメリカ市民であることを誇《ほこ》らしく思っていた。

なのに、じいちゃんはぼくにハオレと同等の出世を望んで本土の大学に行かせようとしていたし、反対にかあさんは、さびしいからとぼくを連れかえって日本人と同じ生活をさせたがっていた。

でもぼくは、そのどちらの希望も、ききいれる気持ちにはなれなかった。

自分の将来についてまだなにも決めていなかったが、でもいつか決められる日が来るだろうと思っていた。

でも、そんなかんたんな話じゃなかったんだ。

今は、将来のことなんて、とうてい考えられない。

敵か味方か。

戦争はどっちかにつかなきゃならない。

ぼくはアメリカ人だし、もちろんアメリカの側に立っているつもりだ。

だけどふしぎなことに、あっちがつかせてくれない。おまえなんかいらないよって言われてる。

でも、だからと言って日本の味方をするつもりは、まったくない。アメリカを裏切るのはいやだ。そんなことは絶対にしたくない。

だからこそ、ぼくは徳三とかあさんにだまされた気分で、今、ひどく腹が立っている。

じいちゃんはどこかに連れていかれたままだ。

日本はぼくらを裏切り、アメリカはぼくらを疑っている。


ぼくは映画館の行列に並んだ。

前には、金髪《きんぱつ》のハオレの女の子が、父親と手をつながないで立っている。かわいいワンピースを着ているから、教会の帰りなんだろう。行儀《ぎょうぎ》良く待っていなくちゃならないのに、じっとしていられなくて、足をわざとがくがくさせている。

そのひとつ前には、母親に連れられた中国系の兄弟がいる。

さらにその先にはフィリピン系の顔をした父親とハワイ人の母親、そして、レイラニに似た目の大きな女の子。まるで映画を観るために盛装してきた、とでもいうように三人はおそろいの華《はな》やかなレイを首にかけていた。

ぼくはそれをぼおっとながめながら、列が進むのを待った。

映画館の中は、子どもとその家族ばかりで、ひとりで来ているぼくぐらいの年の子なんていなかった。

サーカスのゾウ、ジャンボのもとに、コウノトリから耳の大きな赤ちゃんゾウが届けられる。ジャンボはその子にジャンボジュニアという名をつけたが、みんなは耳が大きすぎるとばかにして、ダンボと呼んだ。どんくさいやつ、っていう感じか。

ジャンボはこの子に愛情を注ぎ、大切に育てた。ところが、ある日、いじめられているダンボをかばったのをきっかけに、檻《おり》に閉じこめられてしまう。

いっぽう、サーカスはダンボに芸をさせる。高いところからただ飛びおりて、笑いものになるというピエロのような役まわりだ。

だがダンボはカラスに羽根をもらう。魔法《まほう》の羽根だ。これを持っていると、空を飛べるという。その羽根のおかげで、ダンボは飛べるようになる。

そして、いつもの芸の最中に、地面に落ちるのではなくて、飛ぶことを計画する。

だけど、本番の直前に、羽根を落としてしまう。

これでは飛べないと、足がすくんでしまったダンボに、友人のネズミは、魔法の羽根なんてうそっぱちだと叫《さけ》ぶ。

ダンボは思いきって飛ぶ。

耳をはばたかせ、飛ぶ。

そしてみんなに認められる。

ヒーローになる。

ぼくのほおには、いつのまにか涙が流れていた。

およそ飛ぶはずのないゾウが、空を飛ぶ。

ダンボのことを守りつづけた母親のジャンボとちがって、かあさんはぼくらを捨てた。

この複雑でわけのわからない立ち位置から、まんまとひとりだけ逃《に》げだしてしまった。

ぼくは、どこにも飛べない。

ぼくはここにいるしかないし、ここで生きていくしかない。

でも、ぼくにだって耳はあるはずだ。

　ぼくも飛びたい。

　十ドルの残りは、ホットドッグや二十五セントの映画代ぐらいでは消えてくれなかった。

　使ってしまえ、といきまいてヒロまで来たけれど、いざ買おうにも、適当なものはなかった。

　手元に形として残るものは、買いたくなかった。

　これは徳三の金だ。

　買ったものが目にはいれば、いやでもそのことを思いだしてしまうだろう。

　あれこれ考えているうち、ぼくはヒロの目ぬき通りからだいぶ離れた、見慣れない道にはいりこんでいた。

　商店の看板の文字は英語だが、通りを行きかう人たちはアジア系だ。出身は日本でも中国でも、フィリピンでもないようだ。どこの国だろう。

　道のまん中には、なにかをとり囲むように、人だかりができている。

輪のうしろから、のぞいてみる。

中心には、頭から首にかけて赤く、羽と尻尾《しっぽ》が黒々とした二羽《わ》のニワトリがいた。茶色くておっとりとしたふつうのニワトリとちがって、気の荒《あら》い種類だ。わざと爪《つめ》をとがらせてある。

なにをしているのか、すぐにわかった。闘鶏《とうけい》だ。

ワイカフリでも、日曜日になると、路地で同じようなことをやっている人たちがいる。どっちのニワトリが勝つかにお金を賭《か》け、戦わせるのだ。自分の賭けたほうが勝てば、何倍かのお金がもらえる。

にいちゃんが公立学校のインターミディエットを卒業したばかりのころ、一度、友達にさそわれて賭けたことがあった。

どこかからそのことをききつけたじいちゃんは、えらい剣幕《けんまく》でにいちゃんを叱《しか》りつけた。

――ハワイに来て、稼《かせ》いだ金を賭け事で全部使って、ぬきさしならなくなったやつを、おれは何人もみている。耕地の仕事をやめるわけにもいかず、故郷の家にも仕送りできず、かといって日本にも帰れず、なんのために生きているのかわからなくなったやつらだ。おまえもそんなふうになりたいのか。

にいちゃんは、おれは仕送りをしているわけじゃないし、日本に戻りたいわけじゃない、とでも言いたそうな顔だったが、じいちゃんのあまりの怒りに、すみませんとただ頭をさげた。

それを見ていたから、ぼくもそんな場所には、近づかないようにしていた。

でも、ふと思った。

この金はいらないものだ。

だったらここで、あとくされなく、使ってしまえばいいんじゃないか？

ぼくは、輪に近寄って、あたりを観察した。

前歯がまばらにぬけた白髪《しらが》の男が、札束を持って人々のあいだをまわっている。

みんなは、なにかを言いながら、思い思いの金額を、その男にわたしている。

男は、ぼくの前で立ちどまった。

みんなが話している言葉はわからないが、どっちに賭けるかを伝えて、お金をわたせばいいってことだろう。

「あっちのやつに、一ドル」

ぼくは一ドル札を差しだして、一方の元気の良さそうなニワトリを指さした。

男はぼくの一ドル札を、うさんくさそうに、じろりと見た。

一ドルは多すぎたのかもしれない。

映画も十五セントか二十五セントだ。

失敗したかな、とぼくは思った。

とはいえ、この場には、一ドル札をわたしている人だって、いたのだ。

「おまえ、ＪＡＰだな。こんな札びら切りやがって、ＪＡＰのくせに生意気な」

男は、お札を持ったぼくの手を、下からぱんとはねあげた。

続けざまに、男はどなった。

「ＪＡＰの金なんかいらん。出ていけ。おれの息子《むすこ》は、戦争に行ってるんだ。おまえらのはじめた戦争だ。くだらんことしやがって」

男は、ぼくのシャツの胸元《むなもと》をつかんだ。

「おまえらはハワイの恥《はじ》だ」

首が自分のシャツで絞《し》まる。

「国に帰れ。さっさと帰れ」

男が言った。
まわりの人たちが、どうしたんだ、というように白髪の男に声をかける。
こいつは日本人だ、と男は叫んだようだった。
そのとたんだ。どん。ぼくはいきなり腹にこぶしを食らって、うっとうめいた。
痛い。
なぐられている。
別の男だ。
ぼくはいつのまにかとり囲まれていた。
殺気だった声が、ぼくの頭ごしに飛びかう。
なにをしゃべっているかは、わからないが、たまに交じる英語だけはききとれた。
――だまし討《う》ち
――爆撃《ばくげき》
――パールハーバー
何人もの男に髪の毛をひっぱられて、ほおを平手でたたかれ、目をなぐられた。
白髪の男がシャツから手を離したので、ぼくはしゃがみ、腕《うで》で頭をかかえながら、這《は》うように人のあいだをぬけると、あとはひたすらうしろを見ないで走った。

だれかが追いかけてきているのかどうかも、わからない。

足がガクガクする。

その場にへたりこんでしまいたかったが、殺されるかも、という恐怖《きょうふ》が、ぼくを前へと進めていた。

ヒロの目ぬき通りが、遠くにやっと見えてきた。

ここまで来れば、やつらも襲《おそ》ってこないだろう。

そう思って立ちどまり、おそるおそるうしろをふりかえった。

だれもいなかった。

完全に、息があがっている。

そのことにも気がつかないぐらい、夢中で逃げてきたのだった。

ぼくはしばらくひざに手をついて下を向き、呼吸の整うのを待った。

「どうしたの？」

ふいに肩に手をかけられて、ぼくは反射的に縮みあがった。言葉は日本語だったし、声は柔《やわ》らかかったから、安心していいはずなのに、体は逆に反応する。

着物姿のおばあさんが、いつの間にか横に立っていた。心配そうにぼくの顔をのぞきこんでいる。

「あ、あっちでなぐられたんです。国に帰れって」

ぼくはただあったことを話すだけのつもりだったのに、いつのまにかしゃくりあげていた。

なぐられたからというより、あの人たちの憎悪《ぞうお》を肌《はだ》で感じたことが、ショックだった。

たしかにワイカフリにも、ひどいことを口にする人はいた。

公立学校の同級生でも、開戦以来、ぼくらを冷たい目でみる子はいる。

中には、ぼくらの面前で、これみよがしにつばを吐《は》きすてる子もいた。

だけど今まで、あれほどの憎《にく》しみを、ストレートにぶつけられたことはなかった。

なぐられた体の痛みだけでなく、やられた情けなさと無力感が、ぼくをゆううつにした。

「日曜で、よそから遊びにきたのね。知らずにむこうに行っちゃったんだねえ。かわいそうに」

おばあさんは、ため息まじりに言ってから、ぼくに向かって手招きした。

「うちの店で休んでいきなさいな」

おばあさんの店は、うちと同じような、食料品から雑貨まで、なんでも置いてあるような店だった。定休日で、窓の鎧戸《よろいど》も閉めていたが、おばあさんはたまたま店の外にいて、ぼくが血相を変えて走ってきたのを、見ていたそうだ。

おばあさんは、店の奥からしめらせた手ぬぐいを持ってくると、ぼくの目のまわりをそっと拭《ふ》いてくれた。

「い、痛っ」

ぼくは思わず声をあげた。

「なぐられたのは、顔だけかい？」

「腹も……」

「気分、悪くない？　吐き気はしない？」

ぼくはうなずいた。

おばあさんは、店の隅《すみ》にあるベンチを指さした。

「ちょっとここで横になっていなさい。様子見て帰ればいい」

おばあさんはそう言うと、今度は、氷のうに氷をいれたものを持ってきて、ぼくにわたしてくれた。たぶんうちと同じ、かき氷に使う氷だろう。

ぼくはそれを、腫《は》れて熱くなったまぶたに、押《お》しあてた。

氷の冷たさがここちいい。

おばあさんは、ベンチの前に丸椅子《いす》を持ってきて座った。

「私もね、このご時世に着物着て表に出たら、目立つし、あぶないって、家の者によく叱られるけれど、今さら洋服に変える気はしなくてね。スカートはすかすかして、着なれないし、洋服に草履《ぞうり》ってわけにいかないだろ。だいたい、靴はきゅうくつで嫌いだしね」

死んだうちのばあちゃんみたいに、髪をひとつにまとめて頭の上でだんごにしている。たぶんばあちゃんと同じぐらいの年だろう。

「あっちの通りはあぶないよ。このあたりの日系人は、決して近寄らない。あの人たちはね、日系人をうらやんでいるの。私たちが、商売でうまくやっているのが気にいらないの。すきあらば、私たちをここから追いだしたいのでしょうよ」

おばあさんはため息をついた。

「うまくやってるって言ったって、貧乏《びんぼう》からちょっとだけぬけだしそうになったぐらいのことなのにね。それも汗水《あせみず》たらして働いて、ようやくね」

ぼくはうなずいた。

「まさか、こんなことになるとはね」

開戦のことだ。

おばあさんは、まるで念仏でもとなえるみたいに、言った。

「しかたない。しかたがないものはしかたがない」

じいちゃんと同じだ。一世の人はみんなそう言う。

しばらくすると、体の痛みもだいぶやわらいできた。

「自分で帰れる？　お金ある？」

ぼくが起きあがろうとすると、おばあさんは、親切にきいてくれた。

「だいじょうぶです。ありがとうございました」

「大変なときだけど、お互《たが》いがんばろうね」

おばあさんは、にっこり笑った。


休ませてもらっているうちに、ひと雨あったようだ。

このあたりでは、毎日のように雨が降るが、しばらくするとあがっている。

空を見あげると、青空に太い虹《にじ》がかかっていた。ハワイには、いつだって虹が出る。特別なことじゃない。

でも、きれいだった。

まるで、海の中から立ちあがる大きな柱のようだった。そして、天を大胆《だいたん》にまたいで、山側に消えていた。

あらゆる色の光が、一度に目にはいってきた。

心が、すっと洗いながされるようだ。

今までこんな気持ちで虹を見たことはなかった。たいしてつらい思いをしたことがなかったからかもしれない。

ノーレイン、ノーレインボウ。

苦しいからよけいに美しく思えるのか。

それはないよ、という気がした。

そんなことをぼくは望んでるわけじゃない。

なぜか、涙が流れてきて、目のまわりの傷にしみ、ずきずきした。

ぼくは、唇をかみ、それをこぶしでこすった。

それから、自転車をとめたところまで、自分の体を点検するように、ゆっくりと歩いた。

途中《とちゅう》で、ねえちゃんに似た日系人の女の人が、赤十字の募金箱《ぼきんばこ》を持って、

「戦場でけがをした兵隊のために、募金をお願いします」

と、声をはりあげているところに出くわした。

ぼくは、だまってその箱の中に、残りの金をぜんぶいれた。

この金にとって、一番ふさわしい行き先のように思えた。

それから悲鳴をあげる体をだましながら、休み休み自転車をこいで、いつ終わるかわからない長いだらだら坂を上って、やっとワイカフリにたどりついた。

もう、あたりはまっ暗だった。

店にはいると、ねえちゃんが飛びだしてきて、

「どこに行ってたの？　その顔どうしたの？」

と矢つぎばやにきかれた。

ぼくが、ヒロからの帰り、坂で自転車ごとひっくりかえって転んだけれど、だいじょうぶだとうそをつくと、ねえちゃんは、ちょっと心配そうにそれならいいけど、と言い、そ

れから、

「じいちゃんが帰ってきた」

と、ほっとした声で言った。

じいちゃんはくたびれたのか布団を敷《し》いて寝《ね》ていたが、体は無事のようだった。

ねえちゃんの話では、いっぺんホノルルの移民局に連れていかれたあと、しばらく刑務《けいむ》所《しょ》にいたのだそうだ。そして、大山のじいさんといっしょに、釈放《しゃくほう》された。

日本語学校の校長先生だけは、刑務所からさらにどこかの収容所に移された。生徒に軍国教育をしていたというのが理由らしい。

じいちゃんと大山のじいさんは、卒業生やその親から見舞金《みまいきん》を集めて、校長先生の奥さんのところに持っていった。奥さんは、ヒロの町で、住みこみでメイドをすることになったそうだ。

第二部

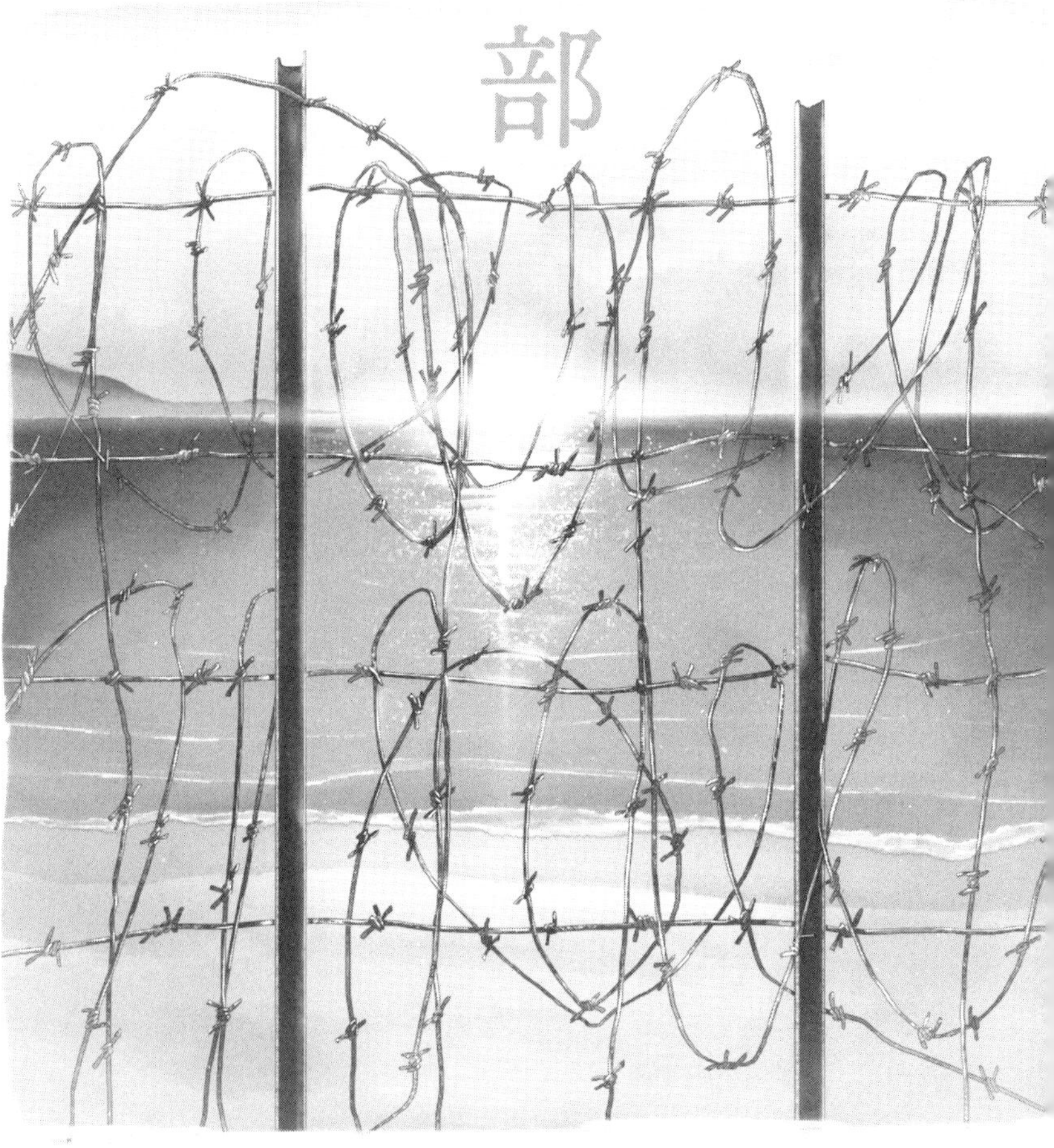

アロハ・オエ

一九四三年二月

日本との戦争はまだつづいていた。

ヨーロッパでの戦争もつづいていた。

アメリカはその両方で、戦っている。

ラジオからは、フランク・シナトラという男性歌手の歌が流れている。みんな、元気のいい曲や、にぎやかなジャズより、こんなしっとりしたバラードが好きになってきたんだろうか。戦争の影響《えいきょう》かもしれない。

ぼくはじいちゃんが戻ってきてからまた公立学校に通いはじめ、ハイスクールに進学した。アメリカ本土の日系人はみんな収容所に集められているというのに、その本土の大学に行くなんて無茶な話だ。だからハイスクールに行く意味はない。ぼくはそう言ったのに、じいちゃんはきいてくれなかった。

ミス・グリーンは、進学をすごくよろこんでくれて、ぼくを廊下《ろうか》で呼びとめては、あれこれと本を貸してくれた。

日本語学校も剣道部《けんどうぶ》もやめてしまってから——どのみちどちらにも通えなくなったのだけれど——ぼくはその埋《う》めあわせをするみたいに、ひたすら本を読んでいた。

レイラニはインターミディエットを卒業して、耕地で働いていた。だから、会えるのは日曜日だけだ。最近、レイラニはインターミディエットを卒業したら、もう立派な大人なんだから結婚《けっこん》しようよ、と言いはじめた。レイラニのことは好きだけど、ぼくはまだハイスクールを卒業したあとどうするか決めていないし、結婚なんて、早すぎるような気がする。

ねえちゃんはジャックと別れてからは、恋人《こいびと》のいる様子はない。美代子さんは、あのときねえちゃんの失恋話《しつれんばなし》をきいた行きがかり上、なんとかしてやらなくちゃと思っているらしい。ときどき、お見合いの話を持ってくるけれど、ねえちゃんはどれも断っていた。

灯火管制は、最初のころより、ちょっとだけ時間が短くなった。それで、店を開けていられる時間が、少し長くなった。

日曜日の午前中も、軍人や国防の仕事をしている人のために、営業するようにというお達しが出たので、うちは前よりかえって忙しくなったかもしれない。

そんな中、にいちゃんは、じいちゃんの目を盗《ぬす》んで店の外に出ては、友達とこそこそ話しあったりしていた。

きっと志願の話だ。

今、アメリカ全土の十八歳《さい》以上の男子は全員、徴兵《ちょうへい》登録しなければならず、その中から抽選《ちゅうせん》で順に徴兵されていた。メジャーリーガーのジョー・ディマジオでさえ兵隊になるらしい。

それなのに、なぜか日系だけは、徴兵しないというのだ。もちろん、志願も認められない。

アメリカは、日本だけではなく、イタリアともドイツとも戦っている。しかし日系とちがって、イタリア系やドイツ系は徴兵されていて、志願もできる。そんなのは不公平ではないかと、にいちゃんたちは、すごく腹を立てていた。

にいちゃんの友達は、志願する代わりに国防工事に参加したり、海岸を見張る自警団にはいったりしていた。でも、にいちゃんには店がある。そのことが、にいちゃんの不満をさらにつのらせていた。

そんなとき、ついに日系人だけの部隊ができたという話がきこえてきた。開戦時に軍にいた日系人は、戦争がはじまると除隊になったり、武器を取りあげられてほかの仕事にまわされたりしていた。その人たちが、日系人も戦闘《せんとう》に参加させてくれと嘆願書《たんがんしょ》を送りつづけて、ようやく認められ、一四〇〇人あまりが一〇〇大隊という名の部隊になって、アメリカ本土で訓練をはじめたというのだ。

でもそれは、元々軍隊にはいっていた人たちのことであって、志願兵を募集《ぼしゅう》するという話ではない。

にいちゃんにとって、目下の関心事は、日本人を祖先とする十八歳以上の若者の志願が、認められるかどうかなのだ。

そんな中、ついにルーズベルト大統領が、日系人四千人の連隊を作るという計画を発表した。

店のラジオでそれをきいたにいちゃんは、大声をあげた。

「マレ、今のきいたか、大統領が、祖先がだれであろうとかまわないって言ったんだぞ。大統領がはっきりと」

ぼくとしゃべるときはいつも英語なのに、今は、ちがう。

カウンターの中のじいちゃんにきかせようと、わざと日本語でしゃべっている。

「大統領は、祖先がどうであろうと、アメリカ市民に、市民としての責任を果たす権利が認められないようなことがあってはならないって、言ったんだ」

「うん、きいたよ」

ぼくはじいちゃんの顔をちらっと見た。

じいちゃんは下を向いて、知らん顔をしている。

「アメリカ人であるってことは、心の問題で、人種や祖先の問題じゃないって。すごいだろ。アメリカで一番えらい人が、そう認めたんだ。ざまあみろ、おれたちを今までさんざんばかにしてたやつらめ、どうだ、きいたか」

にいちゃんは興奮をおさえきれないという調子で、最後は叫《さけ》ぶように言った。

「マレ、ちょっと店番頼む、おれ、友達に会ってくる」

にいちゃんは、じいちゃんの許しもえないまま、外にかけだした。

これまでなかったことだ。

じいちゃんは、そんなにいちゃんの姿を、唇をかんで見おくった。

その日の夕方、にいちゃんはどこからか帰ってくると、カウンターのじいちゃんの前に立った。

「じいちゃん、話がある。ちょっと奥に来てくれ」

じいちゃんは、ふうっとため息をついた。

覚悟《かくご》していたという感じだ。

「わかった」

「マレ、店番しててくれ」

にいちゃんは言ったが、じいちゃんは首を横にふった。

「いや、マレスケも来い。店は閉めておけ」

まだ営業時間内だ。それなのにじいちゃんが店を閉めろと言うのは、ぼくが知るかぎり、はじめてのことだ。ぼくはドアにクローズの札をさげると、内側から鍵《かぎ》をかけた。

ふたりは、ちゃぶ台をはさんで正座していた。

ぼくは、どっちと同じ側に座ればいいのかわからずに、立ったままでいた。

口火を切ったのは、にいちゃんだった。

「じいちゃん。おれは、さっき徴兵局に行って手続きしてきた。志願してきた。おれは、兵隊になる。戦争に行く」

にいちゃんは、ひと息に宣言すると、誇《ほこ》らしげに、あごをくいっとあげた。

じいちゃんは、ふうっと息を吐《は》くと、立ちあがった。

それからタンスの上の仏壇《ぶつだん》に向かって、線香《せんこう》をあげ、リンを鳴らした。

リンはいつもより長く、居間に響《ひび》いているような気がした。

じいちゃんは仏壇に手を合わせたまま、だまっていた。

賛成なのか、反対なのか。

反対ならそう言うだろう。

だまっているということは、反対はしないということか。

にいちゃんは沈黙《ちんもく》にがまんできなくなったようだ。

「じいちゃん、おれはもう、手続きしたんだからな。いまさら反対しても無駄《むだ》だぞ」

にいちゃんは立ちあがると、じいちゃんの背中に向かって言った。

じいちゃんは、にいちゃんのほうに向きなおった。

そして、ゆっくり口を開く。

「名を、汚《けが》さぬように」

「え？」

「小西の名をだ。うちの先祖は戦国武将だったときいている。おまえも、出征《しゅっせい》するのなら、その名を汚さぬように。戦場で、決して卑怯《ひきょう》なまねをしてはならない」

にいちゃんは、びっくりしたように、目を丸くしてじいちゃんを見ていた。

ぼくもたぶん同じような顔をしていただろう。

にいちゃんは、アメリカの兵隊になるというのに、そのアメリカは日本と戦っているというのに、日本の戦国武将の名前を汚さないことに、どんな意味があるのか。

しかも先祖が戦国武将だなんて、今まで一度もきいたことがない。

土地を持たない農家の三男で、金を稼《かせ》げるときいて、ひと旗あげようとハワイに来て耕地労働者になった、というのがじいちゃんのいつもの話だ。なぜ急に、こんな信じられないようなことを言いだすのだろう。

ところが、にいちゃんは、剣道の試合のときのように、神妙《しんみょう》に頭をさげた。

「わかりました」

「うん。大事なのは、大和魂《やまとだましい》だぞ。どんなときでも、臍《へそ》の下に力をいれて、ぐっとこらえてがんばれ」

「はいっ」

「恩を忘れるなよ。おれたちは、よそから来て、この国に受けいれてもらい、よくしてもらった。その恩を、今こそ返すんだぞ」

「はいっ」

じいちゃんは、うんとうなずくと、また仏壇に手を合わせた。

恩を返す……。じいちゃんは、にいちゃんを励《はげ》ますために、あえて言ったのだろうか。ぼくにはよくわからなかった。

だいいち、じいちゃんは、開戦後、新品のラジオを進んで提出し、大金を出して国防国《こく》債《さい》を買ったというのに、まだ信じてもらえず、FBIに疑われて、つかまったぐらいだ。刑務所《けいむしょ》にまで連れていかれ、やっとのことで釈放《しゃくほう》されたというのに、それでも、アメリカに恩など、本気で感じているのだろうか。

でもじいちゃんは、ひどくまじめな顔をしていて、口先だけのようには、とうてい思えなかった。

日系人志願兵の応募数は、政府の予想をはるかに超《こ》えたらしく、入隊できるのは、志願者の中から抽選で選ばれた者、ということになった。にいちゃんはしばらく、当たるかどうか気をもんでいたが、当選を知って大よろこびした。

それからしばらくして、美代子さんが、店に買いものに来た。

ちょうどぼくが、じいちゃんといっしょにヒロに出かけたにいちゃんの代わりに、公立学校を休んで、店番をしているときだった。

にいちゃんはこの店の跡《あと》つぎということになっているから、軍隊にはいるなら、取引先や世話になった人に、きちんとあいさつしておかなければというのが、じいちゃんの意見だった。そしてたぶん、にいちゃんが入隊したあとは、ぼくがにいちゃんの仕事をまかされることになる。

そのことを考えると、胸がきゅうっと締《し》めつけられるようだった。ぼくが代わりに店をつぐなんてことは、考えられないし、考えたくもない。にいちゃんは、必ず戻ってくる。

美代子さんは息子《むすこ》のコータくんも志願して、同じく入隊が決まったのだと、うれしそうに話したあとで、

「ねえ、マレちゃん。この店、さらし置いてあったでしょ？　一反《いったん》ちょうだいな」

と、ぼくに言った。

「さらしって？」

「マレちゃん、さらし知らないの？　ほらまっ白な木綿の反物《たんもの》よ。ちょっと厚手の」

ああ、あったかもしれないな、とぼくは棚《たな》をごそごそ探して、やっと何反か見つけだした。

「そうそうこれ。これで千人針をするのよ」

美代子さんは、さらしを手に、得意げだ。

「千人針って、なに、それ？」

美代子さんは、赤い縫《ぬ》い糸もちょうだいと言うので、ぼくはまた棚を探しながらきいた。

「千人力って言うでしょ。千人の人に縫ってもらうのよ。そして、その力で、弾《たま》をよけるの」

美代子さんの説明は続いた。

白いさらしを一メートルぐらいに切ったものに、赤い糸で女の人にひとりひと針ずつ縫ってもらう。それを千人にやってもらうのだそうだ。家族だけでは当然、足りないから、友達や知りあいに頼んだり、通りに立って知らない人にも声をかけたりして、合計千針になるようにする。これを腹に巻いて戦場に出かけると、鉄砲《てっぽう》の弾が当たらないということらしい。

美代子さんがさらしと赤い縫い糸を抱《かか》えてさっそうと帰ったあと、ぼくは残ったさらしを棚に片づけながら、こんなもんで弾をよけられるわけはないよ、と思わずつぶやいた。

千人力なんて、東洋的な言葉のあやだもの。そのまま英語に訳したところで、まったく意味は伝わらない。弾よけだなんて、美代子さんの迷信《めいしん》だ。

ところが、その日、何人もの顔なじみのおばさんが、さらしと赤い糸を買いにきた。

さらしの在庫はついになくなってしまった。

帰ってきたじいちゃんにそのことを話すと、ちょっと渋《しぶ》い顔をした。

「もう日本から取りよせることはできないからな。広樹《ひろき》の分がない」

えっ、じいちゃん、問題はそこか？

じいちゃんもさらしと赤い糸なんかで、ほんとうに弾がよけられると思っているのか。

まったく、合理的じゃない。

だが、次の日、美代子さんはもう一度店にやってきた。

「たぶんみさをちゃんは、作り方知らないだろうから、作ってきてあげた」

さらしを横半分に折って縫いあわせ、端《はし》にひもをつけて、帯のような形にしたものを、美代子さんはねえちゃんに差しだした。

「ありがとうございます。助かります」

じいちゃんは、美代子さんに頭をさげた。

「みさをちゃんね、このさらしに墨《すみ》で点を千個書いてね、女の人に頼んで、ひと針ずつ縫ってもらってね。ちゃんとひと針ごとに玉留めしてね。つながってると、糸がこすれて切れちゃうからね。ひとりひと針以上はだめよ。でも、寅年生《とらどし》まれの人なら、虎《とら》は千里を行って千里を帰るっていうから、年齢《ねんれい》の数だけ縫ってもらっていいんだそうよ」

ねえちゃんは、神妙な顔でうなずきながらきいていた。

「お店のお客さんにも頼むといいわ。もし数が足りないようだったら、うちに持ってらっしゃい。耕地の社宅の人たちにも頼んであげるから」

美代子さんは、そう言うと忙しそうに帰っていった。

にいちゃんたちが、入隊する日まで、あと三週間しかなかった。

ねえちゃんは二度、三度と、美代子さんのところに出かけていって質問しては、必要なものをそろえていた。

店には、同じように息子が入隊する家の人たちが、どうしても持たせてやりたいと、お米や醬油《しょうゆ》や海苔《のり》などを買いにきた。にいちゃんが、持ちこめる私物はせいぜいアルバムとか聖書ぐらいで、必要なものがあれば、はいってから買えるはずだ、と言っていたから、ぼくはお客さんにそう忠告したのに、みんな、いちおう持たせると、きかないのだった。

じいちゃんはいつも、うちのような店は信用が一番大事だ、ほしいと言われても、客に必要のないものを売りつけたりしてはいけない、と言っている。ぼくは心配になって、じいちゃんが出先から帰ってきたとき、売ってよかったんだろうかとたずねた。じいちゃんは、かまやしない、どうせ壮行会《そうこうかい》で使ってしまうだろうよ、と言って笑った。

要するに、みんな、無駄《むだ》だとわかっていても、なにかをせずにはいられない気持ちなのだ。


日曜日、家族で墓参りをした。

うちの墓は、ワイカフリで唯一《ゆいいつ》のお寺の裏にある。赤い火山岩がごつごつとむき出しになった墓地をはだしで歩くと、足の裏が妙に痛かった。

「小西家之墓」と刻んだ石碑《せきひ》の前に、赤いアンセリウムの花を供えて、線香をあげた。

「どうぞ、広樹を守ってください。よろしくお願いします」

じいちゃんはそう言って、手を合わせた。

「この墓の中にはご先祖様はいないが、おまえたちのばあさんと、とうさん以外にもはいっている者がいる。ここで生まれた男の子がふたり、女の子が三人」

じいちゃんの突然《とつぜん》の話に、ぼくとにいちゃんとねえちゃんはびっくりして顔を見あわせた。

「こっちでたくさんの子が生まれたが、赤ん坊のときにみんな死んでしまった。伝染病《でんせんびょう》でな。スペイン風邪《かぜ》、チフス、疫痢《えきり》……。悲しかったが、うちだけじゃない。近所にもそんな家がたくさんあった。病気ならば、しかたがないと思った。なかでただひとり、男の子が、なんとか無事に育ってくれた。だが七歳のときに、郷里の一番上の兄が、男の子がいないからゆずってほしい、というので、養子に出した。おまえたちのおじさんに当たる」

「おじさん？」

「そうだ。おまえたちのとうさんの弟だ。ハワイで生まれたアメリカの市民権を持つ子どもだ。手放したくはなかったが、本家の跡つぎがいないというのだから……」

じいちゃんは、語尾《ごび》を濁《にご》した。しかたがない、と言おうとしたのだろうか。

「船で日本に帰るという友人に、その子を託《たく》した。向こうで大人になって結婚もした。子どももできて、男の子だったと手紙をよこした。それきりだが、たぶん広樹と同じぐらいの年だ」

ぼくもにいちゃんもねえちゃんも、すっかり言葉をなくしていた。

ぼくたちに、いとこがいたなんて。

にいちゃんは、だまったまま、下を向いていた。

にいちゃんはその子と、敵として戦場で会うかもしれないのだ。

ぼくはおわん島で会ったあの人をまた思いだした。あの人の遠くを見すえた目が、ぼくの頭の中によみがえってくる。

「しかたがないものは、しかたがない」

じいちゃんは、いつもの口ぐせをとなえた。

「だが、おれたちにわかっていることは、いつだって与《あた》えられた道で最善を尽《つ》くす以外に、生きていく方法はないんだってことだ」

にいちゃんは、こくんとうなずいた。

次の日曜日、にいちゃんの壮行会が開かれた。

営業が終わったあと、店のまん中の棚を壁《かべ》ぎわに寄せ、近所から、テーブルや椅子《いす》を借りてきて、並べた。

じいちゃんの知りあいや、なじみのお客さん、にいちゃんの同級生もおおぜい集まった。

大山のじいさんや、剣道部の人たちも来てくれた。

ハジメさんの顔もある。

「マレ、ぼくもヒロキくんと同じだ。当選したぜ」

ハジメさんのいきなりの宣言に、思わず大きな声が出た。

「ハジメさんも行くんですか？」

シュガーミルの立派な技師なのに？　ホノルルの大学を出て、やっと就職できたのに？

その仕事を捨ててまで？

そんな疑問が次々と頭に浮かんだが、壮行会で口にするのは、ためらわれた。

ハジメさんは、うなずいた。

「政府は最初、日系人連隊の募集人数を四千人と決めて、本土が二五〇〇人、ハワイが一五〇〇人と見積もっていたそうなんだけどな」

と、ハジメさんは笑った。

「どうもそれどころじゃなかったらしい、ハワイからの志願者が」

「え？　どういうこと？」

「だいたい見積もりの六倍、一万人近くあったんだって。それで急きょ、本土とハワイの募集の割合を逆にすることにしたそうだ」

「どうしてそんなにハワイが多いの？」

「さあ、どうしてだろうなあ。日系人の数は、本土と同じぐらいのはずなんだけど。結局、ハワイの二世のほうが、本土の二世より、アメリカが好きだってことなんじゃないのか？」

ハジメさんは冗談《じょうだん》めかして言った。

そうかもしれない。

それならわかる。

すごくよく、わかる。

アメリカが好きと言っても、ぼくはこの島しか知らない。そして、じいちゃんとちがって、国に恩を感じているというわけでもない。

それでも、ぼくはここが好きだ。

ハワイが好きだ。

ねえちゃんは、店と台所とのあいだを何度も往復していた。うちには女手がねえちゃんしかいないから、ぼくもお皿のあげさげや、洗いものを手伝った。

じいちゃんたちは、すっかり酔《よ》っぱらって、手をたたきながら、いつもの「ホレホレ節」というハワイ版日本民謡《みんよう》を歌っている。

ハワイハワイと、夢見てきたが
流す涙はきびの中
行こかメリケン、帰ろか日本
ここが思案のハワイ国

ぼくはどうしてもこの歌を好きになれない。メロディーも歌詞もしめっぽくて、まるで日本映画みたいだと思う。

涙を流すぐらいなら、なにかをはじめればいいじゃないか。自分で動けばいい。

だからこそにいちゃんだって、志願したんだ。

とはいえ、今日はにいちゃんが主役だから、神妙な顔で手をたたきながら、歌をきいている。

ふと立ちあがって台所にはいろうとすると、ねえちゃんのうしろ姿が見えた。

ところが、そのねえちゃんの横に、ハジメさんがいるのがわかって、ぼくは足をとめた。

ここにいるべきじゃないんだな、そう感じたぼくは、くるりと背を向けて、店に戻ろうとした。そのとき、ハジメさんの言葉が耳にはいった。

「入隊する前に、みさをちゃんにはどうしても会いたかったんだ。向こうから、手紙書いてもいいか？」

うん、というねえちゃんの返事もきこえた。


ついに、にいちゃんたちが軍隊にはいる日が来た。

ぼくらも店を閉めて、にいちゃんを見送りにいった。

公立学校のグラウンドに、にいちゃんたちは、整列していた。

その中には、知っている人もおおぜいいた。にいちゃんの友達だけでなく、公立学校や、日本語学校の先輩《せんぱい》たちだ。

ワイカフリの十八歳から二十五歳までの若い日系二世、三世ばかりだ。

見送りに来ているのも、公立学校や、日本語学校の知りあいと、その家族だった。

レイラニがわざわざ仕事を休んで自分で編んだ立派なシダと花のレイを持ってきてくれた。

「マレ、知ってる？　ハワイ人は旅に出るとき、レイを海に流すの。ハワイの言いつたえではね、そのレイが浜に打ちあげられると、旅人は必ず戻ってくるって。おにいさんに、このレイをかけてあげて」

ぼくは、列に並んでいるにいちゃんのところに行って、レイをかけた。

にいちゃんが船でヒロの港を出るまでには、この花もシダの葉もしおれているかもしれないけれど、それでも甲板《かんぱん》から海に投げたレイが、浜に打ちあげられるといいなと思った。

レイを準備していたのは、もちろんレイラニだけじゃなかった。たくさんのレイが、数十人の若者の首に、次々とかけられていった。

にいちゃんたちは、グラウンドの脇《わき》にとまっていた軍用トラックの荷台に、順に飛び乗った。

荷台の上から、さよならー、と手をふっている。

ぼくらはそれを見あげて、ちぎれるほど、手をふりかえした。

じいちゃんは、こぶしで目をこすっていた。

どこからともなく、さざなみのように静かな歌声がきこえてきた。

ハワイで別れのときに歌う「アロハ・オエ」だ。

Aloha ʻoe, aloha ʻoe　アロハ・オエ　アロハ・オエ
E ke onaona noho i ka lipo　木陰《こかげ》にたたずむいとしい人よ
A fond embrace a hoʻi aʻe au　やさしく抱《だ》いておくれ
Until we meet again　また会う日までさようなら

恋人との別離を歌っているが、「ホレホレ節」とはちがって、ゆううつなメロディーじゃない。リズムはゆったりのんびりしている。

これほど、今のぼくの気持ちにぴったりな歌はないような気がした。

にいちゃんは出ていくんだ。

生まれて育った大好きなハワイを、出ていく。

そう思ったら、突然、涙がどっとあふれてきた。

ぼくは歌いながら、泣いた。

ほおに流れる涙をぬぐうこともしないで、泣いた。

にいちゃんたちを乗せたカーキ色のトラックは、ワイカフリ駐屯地《ちゅうとんち》に向かって、勢いよく坂を上っていった。

四四二連隊

一九四三年四月

にいちゃんからは、しばらくのあいだなんの連絡《れんらく》もなかった。
二カ月が過ぎたころ、ようやく手紙が届いた。

じいちゃん、ねえちゃん、マレへ

みんな元気ですか？　ぼくは、日本語で手紙を書くのは苦手だし時間がかかるので、英語にしますね。マレ、じいちゃんに訳して読んであげてくれ。
ぼくらは軍用船で、ヒロからホノルルに向かいました。レイは海には流せなかった。レイが浜辺に打ちあげられると戻ってこられるという言いつたえはみんな知っていて、とても残念がっていました。

ホノルルでほかの島から来たやつらと合流すると、また船に乗って本土にわたり、サンフランシスコを経由して、ミシシッピー州のシェルビーというところに来ました。しばらくはこの場所にとどまることに、なりそうです。

ここはけっこう寒い。ハワイ育ちだから余計に寒く感じるんだと思うよ。そんなわけで、風邪《かぜ》ひいてるやつが多い。ぼくはじょうぶだから心配なく。

そうそう。シェルビーに着くまでに立ち寄った場所で、生まれてはじめて蛇《へび》を見たよ。ハワイにはいないもんね。毒があるそうです。噛《か》まれると死ぬって。うへえ、怖《こわ》いよ。土地の人は、蛇を見つけるとピストルで頭を、即《そく》、撃《う》ちぬきます。

ぼくらの連隊は陸軍歩兵四四二連隊といいます。日系二世と三世ばかりの集団です。ハオレは上官だけ。

その点、アットホームで、ラッキーかな。

だけど、隊の中にはハワイのやつばかりじゃなく、本土から来たやつもかなりいるよ。日系同士だから仲いいかといえば、決してそんなことはなくて、けっこうけんかしたりしている。同じ日系でも、育ったところでだいぶ気質がちがうようだ。おれたちのほうがのんき。話がおかしくて、陽気。あっちはまじめ。

数はハワイのほうが圧倒的《あっとうてき》に多いので、ハワイ式がはばをきかせているような気がします。

中に、ウクレレが上手なやつがいて、夕飯のあとはそいつの弾《ひ》くウクレレに合わせて、だいたいフラを踊《おど》っています。その点はバー・マハロに行ってたころとあんまり変わらないかも。

本土から来たやつらは、本当に収容所の中から志願してきたそうです。収容所は、砂漠《さばく》の中に、そまつな家が並び、外は鉄条網《てつじょうもう》で囲ってあって、銃《じゅう》を持った人がしじゅう見張っているようなところだったそうです。そいつの家は牧場を経営していたんだけれど、うわさどおり、半日ほどでなにもかもたたき売って、トランクいくつかだけを持って、列車で連れていかれたんだって。

じいちゃんは、そしてぼくたち家族は、同じような目にあわずにすんでよかった。あの日本語学校の校長先生はどうしてるかなって、やっぱりちょっと考えるよ。お気の毒です。

本土のやつらは、戦闘《せんとう》で手柄《てがら》を立てて、大統領に収容所を撤廃《てっぱい》してくれるよう、手紙を書くつもりだと言っている。そんなところも、きわめてまじめなやつらです。

ぼくらが毎日なにをしてるかと言えば、訓練、訓練、訓練です。何時間もえんえんと歩くとか、泥《どろ》の中を這《は》うとか、柵《さく》や溝《みぞ》を越《こ》えて走るとか、鉄砲《てっぽう》をぶっ放すとか、手榴弾《しゅりゅうだん》を投げるとか、素早《すばや》く穴を掘《ほ》ってその中でじっとしてるとかです。

志願したとはいえ、ぼくたちは戦争に関してはずぶの素人《しろうと》だから、本物の兵隊になるまでは大変なわけです。

日本語学校でひととおり剣道《けんどう》は習ったけれど、そんなのは近代戦では、さほど役に立たないって、よくわかったよ。まあ、多少は役立つこともあるかもしれないが、けいこしておくなら、穴掘りのほうがよかった。

でも、じいちゃんには、そうは言わず、大和魂《やまとだましい》でがんばってるって伝えてください。腕《うで》に力こぶができました。腹筋も割れてる。

そうそう、ぼくたちは、全米のあちこちから集まってきたはずだけど、千人針を持ってるやつがけっこういるのがおかしいよ。おまえもか、って感じだね。それから、はちまき持ってるやつがいる。剣道の試合で使ってたようなやつね。気合いいれるために、戦闘《せんとう》のときには締《し》めて出るんだそうだ。

どこの連隊にも合い言葉みたいなのがあるそうで、だれが言いだしたか、うちの連隊は、「GO FOR BROKE」になりました。

英語としちゃ、文法がまちがってるだろ。公立学校の先生に赤ペンで訂正《ていせい》されてしまうところだよね。少なくとも前置詞FORのあとは名詞形じゃなきゃ。それが過去形だっていうんだからね、ハオレなら、非常識だといってぶっ倒《たお》れるだろう。

だけどいいのさ。

ぼくたちは二世と三世だから、これで通じる。

「当たって砕《くだ》けろ」っていう意味だ。

ぴったりだろ。

もともとぼくらが志願したのは、そんな気持ちからだったんだしね。ぼくらの前に立ちはだかる壁《かべ》に、当たって砕けろって気持ちでここまでやってきた。みんなそうだよ。だれもがね。本土もハワイも、その点ではいっしょだ。

がんばるよ。

マレ、店のこと、じいちゃんのことよろしく頼む。

そうそう、ハジメさんとも同じ連隊だ。ときどき会うよ。ねえちゃんに元気だと伝えてってさ。てか、どうせ自分で手紙書くんじゃないの?

ヒロキ

たしかにねえちゃんのもとにはハジメさんから、たくさんの手紙が届いていた。ねえちゃんは、まめに返事を出しているみたいだ。なにせ職場が郵便局だから。

ラジオでは、ヨーロッパや太平洋で、戦死した人の名前をときどき読みあげていた。

ねえちゃんは、いつもラジオにぴったりとくっつくようにしてそれをきいていた。

にいちゃんたちは本土にいるんだから、だいじょうぶだ。

でもいつかは、戦場に出ていくのだ。

ぼくは、十六歳《さい》になった。

ハイスクールはやめた。店を続けるためだ。にいちゃんが戻ってくるまでは、それがぼくの責任なのだ。ミス・グリーンは、家の事情で本土に帰ってしまっていたので、残念がってくれる人もいなかった。これでよかったんだ、とぼくは思った。

でも、十八歳になったら……と考える。

そのときまだ戦争が続いていたら……。

ぼくはどうするのだろう。

ぼくも志願する気持ちになるのだろうか。

にいちゃんは、「立ちはだかる壁」と書いていた。それは日本やドイツのような敵のことを言ってるんじゃない。

それはぼくらを敵と同じだと考え、アメリカ人であることを認めない人たちの心のことだ。

にいちゃんは敵と戦うために志願したんじゃない。その壁と戦うために、志願したんだ。

ぼくもそんなことができるんだろうか。

ぼくはそんなことがしたいんだろうか。


にいちゃんたちはどこにいるのか、わからなかった。

このところ新聞の紙面は、ほとんど戦争の記事ばかりだ。

開戦当初から砂糖やコーヒーは足りなくて、配給制がとられていたけれど、最近は肉やチーズや魚の缶詰《かんづめ》なんかも加わった。この配給は、肉は何点、砂糖は何点というぐあいに、買ったものを点数計算して、ひとりが一カ月に買えるものを制限するしくみになっている。だからぼくも、売るたびにお客さんの手帳にスタンプを押《お》さなきゃならない。しかも、品目や点数がときどき変わるから、計算がめんどうくさい。特に砂糖は、兵隊の糧《りょう》食《しょく》に甘《あま》いものをいれなければならないから、そっちが優先されるらしく、いつでも不足がちだ。キャンディの仕入れがむずかしいと、じいちゃんがぼやいていた。

そんな中、数カ月して、また手紙が着いた。

じいちゃん、ねえちゃん、マレへ

元気ですか?

ぼくは元気です。

長いこと船に乗って、ここまで来たよ。場所や部隊のくわしいことは軍事機密だから、もらしちゃいけないことになっている。でもそれを言わないかぎり、家に手紙を書くのはかまわないらしい。ただし、上官が検閲《けんえつ》してるよ。ぼくらのたくさんの手紙を読むのはご苦労様です。ははは。

くわしくは言えないけれど、ここが太平洋じゃないことはたしかだ。これぐらいは書いても平気かな。もしだめだったら、上官が消すよね。

ここは、ヨーロッパのある場所です。

正直、ちょっとほっとした。

だって、会ったことないとはいえ、いとこと殺しあいをしなきゃならないなんて、考えたくないからね。隊には、兄弟が日本にいるやつもいるんだ。そりゃ、志願したときに心を決めてるわけだけど、やっぱり気持ちが鈍《にぶ》るよね。だからヨーロッパでよかったです。

訓練中のみんなの関心事も、ひたすらそれだったから、太陽の位置で、船が大西洋に向かっているらしいということがわかったときは、歓声《かんせい》があがったよ。軍事機密だから事前に行き先は教えてもらえなかったんだ。

とはいえ、そのあとの航海は大変だった。ドイツ軍の潜水艦《せんすいかん》がいるからって、ジグザグに進むものだからね、やたら時間がかかったんだ。みんな船酔《ふなよ》いでふらふらになった。

それでね、やっとまあ、とある港に着いて、船からおりて、こんどは町の中を長々、歩くことになったんだ。

雨が降っててね。待ってりゃあがるし、濡《ぬ》れたってすぐに乾《かわ》くハワイの雨とちがって、やむ気配がいっこうになくてね。雨つぶも大きくて冷たいし、ずぶ濡れのまま歩いてると、寒くて寒くて、もう、かなわなかったよ。

けど、町の様子は、もっとかなわないよ。目を覆《おお》いたくなるような悲惨《ひさん》なところがけっこうある。爆撃《ばくげき》でね。すばらしい教会とか遺跡《いせき》とかも吹《ふ》っとんで、ただの石の山になってる。

でも、たまに、いいこともあった。

ぼくらは、ある場所で、しばらく待機しなきゃならなかったんだ。ぼくらの野営地のそばに、大きな川が流れていてね、だれかが、おい、うなぎがたくさんいるぞって言うんだ。

うなぎ、いるんだね、ヨーロッパにも。

それで頭のいいやつが、手榴弾を川に投げこんだんだ。もちろんだれもいないってことを確認してだよ。

規則じゃ、そんなことやっちゃいけないんだけど、ぼくらはもう缶詰のシチューと豆と乾パンみたいな糧食にはあきあきしてたんだ。

うなぎ、獲《と》れたぞ。

料理人をやってたやつがいて、そいつを上手にナイフで裂《さ》いたんだ。それをまた、別のやつがうまいこと焼いてくれた。
そしてみんなで食った。
うまかったぞ。
ハオレの上官はあきれてたけど、見て見ぬふりをしてくれた。
それから何日かして、ある町を通ったら、なんと、米を売ってたんだよ。
これまた機転の利くやつがそれを買った。
そして、鉄のヘルメットで炊《た》いて食ったんだ。
いやあ、ひさびさのごはんはうまかったよ。
うなぎと同じ日だったらよかったのにね。
ヘルメットは便利だよ。
今度、どこかで野菜売ってたら、一夜漬《いちやづ》けを作ってみようかって、みんなが言ってる。
もちろんヘルメットでだよ。
まあ、ぼくらは、そんな感じです。

ヒロキ

「広樹《ひろき》はヨーロッパか」

手紙にききいっていたじいちゃんは、ちょっとほっとした様子で言った。

見たことのないいいとこは、じいちゃんにとっては孫になるんだな、とぼくはそのとき、あらためて気がついた。

「楽しそうに書いているが、大変だろう」

じいちゃんはつぶやいた。

「どこにいるのかなあ。ハジメさんも、機密情報だから書けないって。ヨーロッパなら、イタリアか、それともフランスかな」

そばにいたねえちゃんが、口をはさんだ。

「同じところにいるの？」

「同じ連隊だからいっしょよ。ハジメさんの部隊には、途中《とちゅう》で病気になって入院させられた人がいたんだけど、こっそり病院をぬけだして、隊に合流したんだって。万が一、ハオレの連隊にいれられてしまったらいやだと思ったらしいって」

その人の気持ちはわかる気がした。

気心の知れた仲間といっしょのほうが、絶対いい。

それから一カ月ほど経って届いた、にいちゃんからの手紙は、ずいぶん様子がちがっていた。

じいちゃん、ねえちゃん、マレへ

はじめて戦闘に参加した。

くわしくは書けない。だけど、訓練のときに想像していたものとは、まったくちがっていたということだけ、言っておくよ。たしかに訓練も大変だった。でもそれとは質のちがうものだ。うわっつらだけは、似ているかもしれない。だが、似ているとしても、本当にちょっとだけだ。

マレ、マレはできたら、こんなところには来ないほうがいい。徴兵《ちょうへい》されれば別だが、志願はぼくだけで十分だよ。

しめっぽいことはここまでにして、おかしな話をしよう。

ぼくらは、ちょっとむずかしい任務を与《あた》えられた。

戦車のはいれない険しい山を、登りながら、敵に向かって走っていかなきゃならなかった。弾《たま》をよけつつ、銃をぶっ放しながらね。

そのとき、それぞれが大声をあげたんだ。

もちろん、敵にきかせるためじゃない。

自分の気持ちを奮いおこすためだ。

訓練では、そんなとき、合い言葉の「GO FOR BROKE」って叫《さけ》ぶやつが多かった。

もちろん最初は、そう言ってたやつもいた。ただ、うぉーって雄叫《おたけ》びをあげるやつもいた。

ところが、だれかが、突然《とつぜん》、日本語で叫んだんだ。

「ばんざーい」って。

そうしたら、あっちこっちの木の陰《かげ》から、みんながばんざーいって声をあげながら、飛びだしたんだ。

それからは、突撃《とつげき》のたびに、みんながばんざーいって叫ぶようになった。

びっくりしたよ。

ぼくも同じようにしていたのかな。

正直、よく覚えていない。

覚えているのは、戦闘が終わったときに、まだ生きてたってことだけだ。

先のことは考えないことにするよ。

今日一日、今日一日と、生きのびれば、いつかハワイに戻れるかな。戻りたいよ。

まあ、がんばるよ。

ヒロキ

朝起きて窓の外を見ると、早朝に降った雨があがったところらしく、うっすら虹《にじ》がかかっていた。

朝食が終わって、開店の準備をしようと店に出た。ラジオをつけると、ちょうどニュースをやっていて、戦死した兵隊の名前を読みあげていた。

戦死者を伝えるこれまでのニュースは、ハオレの名前がほとんどだった。でも今朝は様子がちがった。

あきらかに日系の名前ばかりが、えんえんと続いていた。

四四二連隊の人たちだ。

ぼくは、店に立ったまま、固唾《かたず》をのんでそれをきいた。

にいちゃんは生きてる。

こないだ手紙をくれたばかりなんだから、生きているはずだ。まさか名前が呼ばれたりしないだろうが、それでも、やっぱり心配だ。

洗いものをしていたねえちゃんも、ハジメさんからも手紙が来てるからだいじょうぶ、と言いながら、ラジオの前に出てきた。

そのうち、ききおぼえのある名前が読みあげられた。

「あーっ、タカシだ」

ねえちゃんが声をあげた。

「マレ、知ってるでしょ。ほら、前にシュガーミルの近くの淵《ふち》で遊んでて、おぼれそうになったやつ。ハオレに助けてもらった」

うん、とぼくはうなずいた。ねえちゃんの同級生だ。あのときは新聞にも載《の》ったのだった。

「あ、ユキオだ。小さいとき、マングースを怖がってたやつ」

ねえちゃんはひとりひとりの思い出を、次々と叫びつづける。

にいちゃんが、くわしくは言えないと書いた戦闘は、ずいぶん大規模で激しいものだったにちがいない。亡《な》くなった人の数は多く、知っている名前が続いた。

「あー、みんな死んだんだ。もう、いやだ。こんなの」

最後にねえちゃんは金切り声をあげて、台所にかけこんだ。

じいちゃんはぼくらのうしろでラジオをきいていたが、だまって店を出ていった。

店のお客さんのところに、弔問《ちょうもん》に行くのだな、と思った。

こうなることは、はじめからわかっていた。

あの日、公立学校のグラウンドで「アロハ・オエ」を歌って送りだしたときから、覚悟《かくご》していたことだけれど、心のどこかで、みんなそろって無事に帰ってくるのではないかと、期待していた。

でも、これが現実なのだった。


年が変わってしばらくして、ヨーロッパでは、イギリス、アメリカなどからなる連合軍の二百万の兵隊がイギリスのドーバー海峡《かいきょう》をわたってフランスに上陸したということだった。ノルマンディー上陸作戦だ。でもまだ上陸しただけだ。これからドイツと本格的に戦うことになるのだ。

太平洋では、グアム島、サイパン島で、日本に勝ったそうだ。東京などの日本の大都市に空襲《くうしゅう》をかけるべきだという論説が新聞に載っていた。東京にいるだろうかあさんのことを思いだして、胸がさわいだ。

広い戦線だから、新聞を読んだだけでは、戦況《せんきょう》がどうなっているのか、さっぱりわからない。

大きな船に乗っているけれど、行く先は教えてもらっていない、そんな感じだ。

なんとかして、戦争が一日でも早く終わってくれればいい。

そうすれば、にいちゃんも死なずに帰れる。

ぼくの虹《にじ》

一九四四年十一月

その日、店の前に一台のジープがとまった。

ぼくはカウンターの中からそれをながめて、胸がざわつくのを感じた。

軍服姿に勲章《くんしょう》までつけたハオレがふたり、店のドアを押《お》して、はいってきた。

たぶん、予感は当たったのだ。

でも、ぼくはそれを認めたくなかった。

「タスケ・コニシさんはおられますか?」

勲章の数の少ないほうの軍人が、ぼくにたずねた。

「はい。おります。ちょっと待ってください」

ぼくはそう言って、奥にかけこんだ。

「じいちゃん、軍の人が来た」

居間でお茶を飲んでいたじいちゃんは、少しよろけながら、店に出た。

「タスケ・コニシさんですか？」

ハオレは、そう言うと、背筋を伸《の》ばして敬礼した。

じいちゃんはまごつきながら、直立した。

「十月二十七日、フランスにおいて、ヒロキ・コニシ一等兵が戦死されましたことをお伝えします……」

じいちゃんのために通訳してやらなきゃ、と思ったが、その必要はなかった。

じいちゃんはわかったのだ。

にいちゃんが死んだことが。

ハオレは長々と、にいちゃんが英雄的《えいゆうてき》な働きをしたこと、そのために陸軍では殊勲《しゅくん》十字章を与《あた》えることを決めたことなどを、話していた。

だけどぼくも、じいちゃんも、その言葉をきいてはいなかった。

にいちゃんが死んだのだ。

ねえちゃんは夕方、郵便局から帰ってくると、ちゃぶ台の前に座り、書類を見て、つぶやいた。

「ねえ、殊勲十字章だって。殊勲十字章だってよ」

なんでそんなことが大事なんだよ、にいちゃんが死んだことにくらべたら、と言いかけたぼくに向かって、ねえちゃんは言った。

「ジャックがほしがってたわ。ジャックは国のためになる、立派な軍人になりたいんだって。だから、敵国人の家族とは結《けっ》婚《こん》できないって。だけど、敵国人の家族だって、殊勲十字章をもらえるじゃないの。ねえ」

ねえちゃんは、わあっとつっぷして泣いた。

「それ見なさい、見てみなさい。私の弟は、あなたなんかよりずっとずっと立派な英雄よ。国のために、アメリカのために働いたのよ」

ねえちゃんは、そう言いながら、こぶしでちゃぶ台をたたいた。

「ばかにするんじゃないわよ。私たちをばかにするんじゃないわよ」

ねえちゃんは大声をあげて泣いた。

「マレ、うれしくない、うれしくないよね。うれしくなんて、ぜんぜんない」

うん、うん、とぼくはうなずいた。

泣けて泣けてしょうがない。

にいちゃんは、国のために戦死したんじゃない。

ぼくはそう思った。

にいちゃんは、壁《かべ》を壊《こわ》すために戦死したのだ。

勲章は、そのおわびだ。

ぼくらに対するおわびだ。


しばらくして、じいちゃんは、『ヒロ新報』に、にいちゃんが戦死したこと、葬式《そうしき》をワイカフリのお寺ですることなどを報せる広告を出した。

小さなうちの店が広告を載《の》せるなんて、今まで一度もなかった。葬式に来るのは、どうせ近所の人ばかりだ。広告を出さなくても、伝えきいて来てくれるだろう。

それでも、店の跡《あと》つぎなのだから、死んだことをちゃんと公表するのが筋だと、じいちゃんは言った。いや、それは口実だったのかもしれない。じいちゃんは、自分が苦労して作った店を守ってくれるはずの孫が、この世からいなくなってしまったことを、せめて、世間に伝えたかったのだろう。

葬式には、にいちゃんの友達やじいちゃんの知りあい、店のお客さんだけでなく、軍の人も来て、にいちゃんの勲章をじいちゃんに手わたした。

じいちゃんは、とうさんやばあちゃんのときのように、今度も泣かなかった。

ぼくとねえちゃんは、泣いた。

葬式から戻ると、ねえちゃん宛《あ》てに手紙が届いていた。

ハジメさんもにいちゃんと同じ戦闘《せんとう》で、怪我《けが》をしたということだった。

読んでみて、とねえちゃんに言われて、穴があくほど何度も手紙を読んだが、怪我の程度までは、わからなかった。

ねえちゃんは、だいじょうぶよ、きっと、とだけ言って部屋にひっこんだ。


それからずいぶん経《た》って、にいちゃんの遺品が送られてきた。

その中にはぼくら三人に宛てた手紙もはいっていた。

じいちゃんと、ねえちゃんと、ぼくへの手紙が一通ずつ。じいちゃんへの手紙は訳して読んでくれるように、ねえちゃんに頼んだ。卑怯《ひきょう》かもしれないが、ぼくは読んでもらっているときのじいちゃんの顔を見たくなかった。

ぼくはすぐには手紙の封《ふう》を切らなかった。

翌日、海岸まで歩いていって、高い岩の上に登った。足元には太平洋の荒《あら》い波が、打ちよせて跳《は》ねあがっていた。読むには覚悟《かくご》がいる。

遠くにおわん島が見えた。

だれかが、こっちに向かって泳いでくるような気がした。

ぼくは、大きく息を吸いこむと、にいちゃんの手紙を開いた。

マレへ

マレがこれを読むのは、ぼくが戦死しているときだ。

この前の手紙で、マレは来るなと書いたが、それは読んでるかな。

そのことについて、誤解がないようにちゃんと伝えておきたい。

ぼくはハワイで生まれた。

アメリカ人だ。

そのことを、誇《ほこ》りに思ってる。

そしてアメリカは、ドイツのヒトラーという独裁者から自由と民主主義を守るために、このヨーロッパにぼくらを派遣《はけん》した。

それもわかってるよ。

大事なことだ。

めちゃくちゃに壊《こわ》された建物や、人間扱いされずに、むごい目にあっていたヨーロッパ人を、ぼくはこの目で見たもの。放っておけば、ぼくらだっていつかそうなる。だから、くいとめなきゃならない。

たぶん、いいことなんだよ、ぼくらがここに来たことは。

ヒトラーを追いやろうとしているぼくらは、あちこちで、すごく歓迎《かんげい》されている。それはうれしい。

だけどね、ぼくらが殺そうとしている相手は、親も子も奥さんもいる人間なんだ。あっちが殺そうとしているのも、ぼくみたいにじいちゃんや、ねえちゃんや、マレみたいな弟のいる人間だ。

ここで行われているのは、実際は、そういうことなんだ。

ぼくがそんなことを考えるのも、敵といわれている人の中に、ぼくらの親戚《しんせき》がいるって思いがあるからかもね。どうしても、心の底から憎《にく》く思えないんだ。で、ぼくに関して言うとね、正直、自由と民主主義のためにここに来たんじゃない気がするよ。

そんなだいそれたことじゃ、まったくなかった。

ぼくは、軍隊にはいりたくてたまらなかった。入隊できるということは、ぼくらが一段下の半端《はんぱ》な市民じゃない、ちゃんとした一人前の市民だ、アメリカ人だってことを証明することだと思った。

マレにもその気持ちわかるよね。日本軍がハワイを攻撃《こうげき》して以来、ぼくらの感じていた理不尽《りふじん》なもやもやをなんとかしてふりはらいたかったんだ。

じいちゃんたちみたいに「しかたがない」ですませてしまいたくなかった。

そのために自分にできるなにかが、これだった。

これしかなかったんだ。

死ぬかもしれないけど、でも、自分ががんばれば、死なないですむような気もしていた。

それより、ぼくらは半端な人間なんかじゃないって、証明したかったんだ。

実際、見せつけてやったよ。

ぼくらは、絶対に突破《とっぱ》できないと言われた前線を突破した。ばんざーいって叫《さけ》びながら、ちゅうちょせずに、前へ前へと進んだ。

戦闘が終わったあと、ハオレのえらい人たちはびっくりしてたよ。

たしかに、合理的な考えをするハオレにはできないことかもね。無理だと思ったら、まず身を守るために退却《たいきゃく》するだろう。

だがぼくらはちがう。ぼくらはよほどのことがなければ逃《に》げない。

これが、じいちゃんや大山のじいさんがいつも言ってた大和魂《やまとだましい》だと思ったよ。

ぼくらは、尊敬された。

「きみたちは奇跡《きせき》を起こした」

って、戦闘が終わったあと、ハオレがみんなの肩《かた》をたたいた。

うれしかったよ。

だけど、叫びながら突撃《とつげき》していくとね、どんどんまわりにいる仲間が倒《たお》れていくんだ。

弾《たま》が当たるか当たらないかは、ちょっとしたしぐさや、いる場所の木の曲がり具合だったり、爆発《ばくはつ》のタイミングだったり。剣道《けんどう》の試合みたいに、運動神経がよかったとか、がんばって鍛錬《たんれん》していたとか、気合いがはいっていたとか、そんなちがいじゃ、ぜんぜんないんだ。

運なんだよ。

まったくの運だ。

ぼくが生きてる、彼が死んでる。

彼はひょっとしてぼくだったかもしれない。

運なんだ。

実際の戦闘は、ぼくの考えていたものとは、ぜんぜんちがった。

ぼくらは殺しあってるんだ。

殺さなかったら、殺される。殺しても結局、殺されるかもしれないが、とにかく目の前のやつを殺さなければ、今、殺される。

ぼくは思ったよ。

それは、なにかを証明するために、わざわざするようなことじゃないんじゃないか、って。

もっと別の方法があるはずだ。

ほかのなにかが。

それがなんだかわからないけれど。

でも今のぼくらは、そんなことは言っていられない。

とにかく目の前の戦いに勝って、この戦争を終わらせなければならない。

そうでなければ、これが永遠に続くかもしれないのだから。

もし、ぼくが、次の戦闘も、その次の戦闘も、また次の戦闘も、運良く生きてくぐりぬけられたとしたら、そして大好きなハワイに、なつかしいワイカフリに戻れたとしたら、
ぼくはその方法を探したいと思っている。

マレ、くりかえしになるけれど、ぼくらは、アメリカ人だ。

そう思っていたけれど、せっぱつまったとき、日本の考え方やふるまい方が無意識に出てくるのはなんでだろうね。日本で暮らしたこともないのに。それは、血なのか？ 日本語学校で教えられていたからなのか？ 剣道部であきらめずに戦うことを教えられたからか。いや、そうじゃないような気がする。人が人といっしょに暮らしているうちに、自然と体にすりこまれてきたっていう感じのものだと思う。

でもそれが、体のうちから湧《わ》きでてきたからって、ぼくは日本人じゃないと思うよ。それはちがう。

やっぱり、アメリカ人だ。

だけど、って考えるんだ。

そもそも、どっちかって決めなければならないものなんだろうか？

だって、ぼくらは、ぼくらそのものだろう？

日本人の先祖を持ってハワイで育った。

まちがいないだろ。

そういう存在なんだ。

どっちかについてどっちかのふりをしたり、どっちかの味方をしてどっちかを非難したりしなくてもいい世の中が来ればいい。

マレは、もし、ぼくが帰らなかったら、つまり、この手紙を読んだら、どうかぼくの代わりに、そのことを考えてほしい。

じいちゃんとねえちゃんのことをよろしくな。

ぼくがだめでも、早く戦争が終わって、せめてハジメさんが戻ればいいと思っている。ねえちゃんのためにね。

みんなのしあわせを祈《いの》ってる。

ヒロキ

追伸《ついしん》　かあさんへの手紙を書いた。

日本語で書きたかったけど、漢字も忘れてしまって、辞書もないから、ひらがなだけだ。

マレ、もし、戦争が終わって、かあさんに会うことがあったら、わたしてくれ。

ぼく宛ての封筒《ふうとう》の中には、かあさんへの手紙が一枚添《そ》えられていた。

紙のまん中に大きく縦書きで、一行だけ。

おかあさん　ぼくはあなたをあいしています。

広樹

ひらがなで書いてあるのに、まるで英語そのままのような文章で、名前だけが漢字だった。

ぼくは、白く砕《くだ》ける波をながめながら、なんで、あのとき、かあさんが会いたいと言ったのに、伝言してやらなかったんだろう、と思った。

そうしたら、にいちゃんはかあさんに会えていたのに。

ふと、徳三の正体を知らされたときのことを思いだした。

ぼくはかあさんにだまされた気がして、徳三の金を手元に残しておきたくない一心で、追いたてられるようにヒロの町に行って、そこで『ダンボ』を観た。

そして、ダンボのように飛びたいと思った。

ヒーローになりたいと思った。

今、にいちゃんは、ヒーローになった。

新聞では四四二連隊の活躍《かつやく》が、大きく紙面を飾《かざ》っている。勇敢《ゆうかん》に戦って勲章をもらったにいちゃんたちの物語が、次々と取りあげられていた。

ハオレを含《ふく》むみんなが、こぞって、その働きを賞賛している。

だからって、ねえちゃんが言ったように、ぜんぜんうれしくない。

にいちゃんは、ぼくに戦場に来るなと言った。にいちゃんも、同じむなしさを感じてたんだと思う。

それでも、にいちゃんたちが戦場に行ったことは無駄《むだ》じゃないはずだ。

敵国人だったぼくらに対する見方が、変わってきたんだから。

ばかにされていたダンボが尊敬されたみたいに。

それに、だれかが戦わなかったら、にいちゃんが言うように、この戦争は、いつまでたっても終わらないじゃないか。


ぼくは、長いあいだ海をながめてから、店に戻った。

ドアを開くと、カウベルがからんからんと鳴った。

店のラジオから、三年前と同じように「ユー・アー・マイ・サンシャイン」が明るく流れていた。

じいちゃんがカウンターの中から声をかけてきた。

「マレスケ、配達あるぞ」

「うん」

「うん、じゃない、はい、だ」

いつもとぜんぜん変わらない声の調子だ。にいちゃんが死んで、めげていないはずはない。でもこれが一世、これがじいちゃんだ。こうやって困難を越《こ》えて生きてきた。とてもかなわない。

「はい」

ぼくは、伝票を受けとって、店の棚《たな》から、商品をぬきだすと、ていねいに配達用の箱にいれた。

ぼくはこの店をつぐことになるだろう。じいちゃんが苦労して作った大事な店を。

そしてぼくは本土の大学へ行くどころか、ハイスクールに戻ることもできないだろう。

戦争はみんなの運命を変えた。

バー・マハロの前で踊《おど》っていた、にいちゃんの底ぬけに明るい笑顔《えがお》が、目に浮《う》かぶ。

にいちゃんは死んでしまった。

もういない。

ぼくは重い箱をかかえて、店を出た。

自転車で配達先に向かいながらも、にいちゃんの手紙の言葉が、頭の中をぐるぐるとかけめぐっている。

——どっちかについてどっちかのふりをしたり、どっちかの味方をしてどっちかを非難したりしなくてもいい世の中が来ればいい。

（そうだね、にいちゃん）

——そもそも、どっちかって決めなければならないものなんだろうか？

だって、ぼくらは、ぼくらそのものだろう？

日本人の先祖を持ってハワイで育った。

まちがいないだろ。

そういう存在なんだ。

（そうだ、そのとおりだよ、にいちゃん）

自転車をとめて、ふと空を見あげた。

太い虹《にじ》がかかっていた。

店にいるあいだに、ひと雨降ったらしい。

美しい虹だった。

頭の上、手をのばせばすぐ届きそうなところに、くっきりと太い半円を描《えが》いていた。

ハワイでは虹はいつだって出るというのに、どうしてそのたびにきれいだと思うのだろう。

ノーレイン、ノーレインボウ。

ミス・グリーンに言われたとき、ぼくはその意味を本気で受けとめてはいなかったように思う。

ヒロでなぐられたときも、格別、心に響《ひび》いたわけではなかった。

でも、今、ぼくは乾《かわ》いた土が水を吸うみたいに、この言葉をかみしめていた。

そうだ、雨が降らなかったら、虹だって出ない。

じいちゃんは、日本人のまま異国で暮らして、なにがあってもしかたがないとがまんしていた。

にいちゃんは、それを見て、ただがまんするのではなく、行動する道をえらんだ。そして、アメリカ人として認められようと、壁を壊しにいって死んだ。

もしそれが雨だったなら、残ったぼくは、これから虹を作っていかなければならないはずだ。雨がなかったら、出なかった虹を。

――私は、マレは文章を書く人になったらいいと思うのよ。新聞記事でも、文学でも、なんでもいいいけれど。

ミス・グリーンはそうも言ったっけ。

ああ、ミス・グリーン。ぼくは今やっと、書きたいことを見つけたよ。

日本人はこうだ、アメリカ人はこうだ、なになに人はこうだ、という枠を作るのは、ある意味で、ときをさかのぼるのと同じだ。

なぜなら枠はできあがったとたんに、過去のものになってしまうから。

まして、その枠に人をあてはめて、なになに人ならこうあるべきだと考えたり、らしくないと拒絶したりするのはばかげている。

そうじゃない。

人は少しずつ変わっていくものだ。

じいちゃんたちと、ぼくらがちがうように。

ぼくらは変わりながらも、どんどん前に進んでいかなきゃならない。

ぼくは、ぼくの書くものを受けとってくれる、どこかの人に向けて、書きたいと思う。

それは物語の形でもいい、ほかの形でもいい。

いろいろな国の出身者が助けあって暮らしてきたハワイのような場所で育ったぼくだから書ける、ありのままのなにかだ。

いつか枠がなくなって、おまえはいったいどっちにつくんだと、問われたり、考えたりしないですむ日のために。

そしてだれもが、ありのままの自分でいていい世界が来る日のために。

ぼくはゆっくりと、頭をあげた。

ミス・グリーンに手紙を書いてみよう。

ぼくが書きたいことをみつけたことを、そして今のこの状況《じょうきょう》でも、なんとか勉強を続けていきたいと思っていることを伝えよう。


配達を終えて店に戻ると、ねえちゃんがカウベルを鳴らして、かけこんできた。

「マレ、じいちゃん。ハジメさんから手紙が来た。ハジメさん、怪我が治ったって。年が明けたら、たぶん休暇《きゅうか》をもらえるから、帰ってくるって」

ねえちゃんの声は弾《はず》んでいた。

戦争はいつまで続くのか、わからない。だが、戦争が終わったら、いつか、ぼくは、かあさんをさがしに、日本に行く。
にいちゃんの手紙をわたすために。

主要参考資料

『布哇報知』（日刊紙）布哇報知社
『ハワイ日本人移民史』ハワイ日本人移民史刊行委員会編　布哇日本人連合協会
『ハワイ日系米兵　私たちは何と戦ったのか？』荒了寛編著　平凡社
『ダニエル・イノウエ自伝　―ワシントンへの道―』ダニエル・K・イノウエ、ローレンス・エリオット著　森田幸夫訳　彩流社
『東の風、雨　真珠湾スパイの回想』吉川猛夫著　講談社
『ハワイの日系女性（最初の百年）』パッツィ・スミエ・サイキ著　伊藤美名子訳　秀英書房
『東洋宮武が覗いた時代』（ドキュメンタリー映画）すずきじゅんいち監督
『442日系部隊　アメリカ史上最強の陸軍』（ドキュメンタリー映画）すずきじゅんいち監督
『二つの祖国で　日系陸軍情報部』（ドキュメンタリー映画）すずきじゅんいち監督

楽曲出典

「You Are My Sunshine」　作詞作曲　J. Davis / C. Mitchell
「Holoholo Ka'a」　作詞作曲　Clarence Kinney
「仰げば尊し」　文部省唱歌
「ホレホレ節」　伝承曲
「Aloha 'Oe」　作詞作曲　Lili 'Uokalani

森川成美
もりかわ・しげみ

大分県出身。第18回小川未明文学賞優秀賞を受賞。おもな作品に「アサギをよぶ声」シリーズ（偕成社）、『フラフラデイズ』（文研出版）、『福島の花さかじいさん』（佼成出版社）、共著に「なみきビブリオバトル・ストーリー」シリーズ（さ・え・ら書房）などがある。

Sunnyside Books

マレスケの虹

2018年10月31日　第1刷発行
2025年 5 月30日　第5刷発行

作者　森川成美

発行者　小峰広一郎
発行所　株式会社 小峰書店
〒162-0066
東京都新宿区市谷台町4-15
電話 03-3357-3521
FAX 03-3357-1027
https://www.komineshoten.co.jp/
印刷　株式会社 三秀舎
製本　株式会社 松岳社

NDC913　243P　20cm
ISBN978-4-338-28718-0